FOLIO JUNIOR

Titre original : *I Was a Rat!... or The Scarlet Slippers*
Édition originale publiée par Doubleday,
une division de Transworld Publishers Ltd, Londres, 1999

Philip Pullman

J'ÉTAIS UN RAT !

Illustrations de Peter Bailey

Traduit de l'anglais
par Anne Krief

Gallimard Jeunesse

Cette histoire est dédiée à Jack, Kate et Rosie

Le Père Fouettard

BAL DU PALAIS: L'AMOUR ÉTAIT AU RENDEZ-VOUS

de notre correspondant à la cour

Eh bien, oui, c'est officiel !

Notre irrésistible prince Richard a fini par se trouver une fiancée !

Hier, à minuit, le Palais a annoncé les fiançailles de Son Altesse royale le prince Richard et de lady Aurélia.

« Nous sommes très heureux », a déclaré le prince.

Le mariage royal sera probablement célébré dans les plus brefs délais.

Notre spécialiste des Altesses royales nous écrit :

Tout cela ressemble fort à un véritable conte de fées. Le prince charmant, la mystérieuse jeune fille venue de nulle part et rencontrée par le plus grand des hasards…

Ils se sont rencontrés au bal de la Saint-Jean. Emportés par les accords d'une valse enchanteresse, ils ont dansé comme s'ils étaient seuls sur un petit nuage, et n'avaient d'yeux que l'un pour l'autre.

« Je ne l'ai jamais vu aussi amoureux, m'a confié un ami intime du prince. Je crois que cette fois, c'est la bonne. »

Tout s'est passé assurément très vite. Aux alentours de minuit, ils étaient fous amoureux, et dès le lendemain, leurs fiançailles étaient annoncées officiellement.

PRINCE RICHARD - L'AMOUREUX

Voir en pages 2, 3, 4, 5, 6, 7, 8, notre dossier complet sur toutes les anciennes petites amies du prince.

LADY AURÉLIA - D'OÙ VIENT-ELLE ?

Nos reporters ont mené leur enquête pour tenter de découvrir d'où venait la future jeune princesse. *Voir page 9.*

Des étoiles brillaient au fond de leurs yeux !

J'ÉTAIS UN RAT !

Le vieux Bob habitait avec son épouse la maison près du marché, où avaient vécu son père, son grand-père et son arrière-grand-père, cordonniers comme lui. Jeanne était blanchisseuse, tout comme sa mère, sa grand-mère et son arrière-grand-mère, aussi loin que l'on puisse se souvenir.

Et s'ils avaient eu un fils, il serait devenu cordonnier à son tour, et s'ils avaient eu une fille, elle aurait appris le métier de blanchisseuse, et cela aurait continué ainsi jusqu'à la fin des temps. Mais ils n'ont pas eu d'enfant, ni de fils ni de fille, et comme ils se faisaient vieux, il était de moins en moins vraisemblable qu'ils en eussent, en dépit du profond désir qu'ils en avaient.

Un soir, alors que la vieille Jeanne écrivait une lettre à sa nièce et que le vieux Bob était en train de poncer les talons de deux petits escarpins rouges qu'il avait fabriqués pour l'amour de l'art, on frappa à la porte.

Bob releva la tête en sursautant.

– N'a-t-on pas frappé ? Quelle heure est-il ?

Le coucou lui répondit avant Jeanne : dix heures. Dès qu'il eut fini de sonner, un autre coup retentit à la porte, plus fort que le précédent.

Bob alluma une chandelle et traversa l'échoppe obscure pour aller ouvrir la porte donnant sur la rue.

Dans le clair de lune, il découvrit un petit garçon en costume de page qui jadis avait dû être élégant. Il était à présent tout déchiré et taché, et le visage sale du garçonnet était couvert d'égratignures.

– Mon Dieu ! dit Bob. Qui es-tu ?

– J'étais un rat, répondit le petit garçon.

– Qu'as-tu dit là ? intervint Jeanne qui s'était précipitée derrière son mari.

– J'étais un rat, répéta le petit garçon.

– Tu étais un… allons donc ! Où habites-tu ? demanda-t-elle. Comment t'appelles-tu ? D'où viens-tu, petit ?

Mais le petit garçon ne savait dire qu'une chose : « J'étais un rat. »

Comme la nuit était froide, le vieux couple le fit entrer dans la cuisine et asseoir auprès du feu. Il contempla les flammes comme si c'était la première fois qu'il en voyait.

– Qu'allons-nous faire ? chuchota Bob.

– Donnons à manger à ce pauvre petit, répondit Jeanne à voix basse. Du pain trempé dans du lait, c'est ce que nous donnait ma mère.

Alors elle mit un peu de lait à chauffer dans une casserole sur la cuisinière à bois et émietta une tranche de pain dans un bol, tandis que le vieux Bob essayait d'en savoir plus sur le petit garçon.

– Comment t'appelles-tu ?

– Je n'ai pas de nom.

– Comment ça, tout le monde a un nom, voyons ! Moi, je m'appelle Bob, et voici Jeanne, tu vois. Tu es bien sûr de ne pas avoir de nom ?

– Je n'en ai plus. Je l'ai oublié. J'étais un rat, répondit l'enfant comme si cela expliquait tout.

– Ah, fit Bob. Tu as un joli costume, en tout cas. Je suppose que tu es en service, dis-moi ?

L'enfant baissa les yeux sur son pauvre costume en lambeaux, l'air désemparé.

– J'en sais rien, finit-il par dire. Je ne sais pas ce que ça veut dire. Oui, peut-être que je suis en service.

– En service, cela veut dire que tu es au service de quelqu'un, que tu es son domestique. Que tu as un maître ou une maîtresse et que tu leur fais les courses. En général, les petits pages comme toi accompagnent leur maître ou leur maîtresse dans leur voiture, leur carrosse, par exemple.

– Ah oui, c'est ça. J'étais un excellent page, je faisais tout bien comme il faut.

– Sûrement, dit Bob en approchant sa chaise, alors que Jeanne apportait à table le bol de pain et de lait tiède.

Elle le déposa devant le petit garçon qui plongea aussitôt la tête dedans et l'avala goulûment à grand bruit, se tenant fermement au bord de la table de ses petites mains noires de crasse.

– Qu'est-ce que tu fais là ? s'exclama Jeanne. Oh, là, là ! Il ne faut pas manger comme ça. Prends ta cuillère !

Le garçon releva la tête, du lait plein les sourcils, du pain sur le bout du nez et le menton ruisselant.

– Le pauvre petit, on ne lui a rien appris, remarqua Jeanne. Viens à l'évier, nous allons te débarbouiller, te laver les mains, et tout et tout. Regarde-toi !

Le petit garçon essaya bien de se regarder, mais il n'avait aucune envie d'abandonner son bol.

– C'est bon, déclara-t-il. J'aime ça...

– Ne t'inquiète pas, il ne va pas se sauver, dit Bob. J'ai déjà dîné ; je te le garde.

L'enfant eut l'air enchanté à cette idée et, sans quitter le bol des yeux, il suivit Jeanne. Elle versa dans l'évier un peu d'eau de la bouilloire et entreprit de le laver bien qu'il ne cessât de détourner son petit visage mouillé pour surveiller Bob et son bol.

– Voilà qui est mieux, dit Jeanne en le frictionnant. Maintenant tu vas être gentil et manger avec une cuillère.

– Oui, d'accord, répondit-il en hochant la tête.

– Ça m'étonne qu'ils ne t'aient pas appris les bonnes manières quand tu étais un page, dit-elle.

– J'étais un rat, répéta-t-il.

– Bon, eh bien, si les rats ne savent pas se tenir, les petits garçons oui, répliqua-t-elle. Et tu dis merci quand on te donne quelque chose, voilà ce que c'est que les bonnes manières.

– Merci, dit-il en hochant vigoureusement la tête.

– Ça, c'est un gentil petit garçon. Maintenant viens t'asseoir.

Il obéit docilement et Bob lui montra comment tenir sa cuillère. Il trouva cela difficile au début, parce qu'il ne cessait de la retourner avant qu'elle n'ait atteint sa bouche, de sorte qu'une bonne quantité de lait et de pain tomba sur ses genoux.

Mais Bob et Jeanne voyaient bien qu'il s'appliquait, et il apprenait vite. Quand il eut terminé son bol, il se débrouillait parfaitement bien.

– Merci, dit-il.

– Voilà, c'est bien, dit Bob. Maintenant, tu vas venir avec moi et je vais te montrer comment laver ton bol et ta cuillère.

Et tandis qu'ils faisaient cette petite vaisselle, Bob lui demanda s'il savait son âge.

– Oui. Je le sais très bien. J'ai trois semaines.

– Trois semaines ?

– Oui. Et j'ai deux frères et deux sœurs du même âge que moi, trois semaines.

– Tous les cinq ?

– Oui. Ça fait longtemps que je ne les ai pas vus.

– Que veux-tu dire par longtemps ?

L'enfant réfléchit un instant.

– Plusieurs jours.

– Et où sont ton père et ta mère ?

– Sous la terre.

Bob et Jeanne échangèrent un regard et se comprirent aussitôt. Le pauvre petit garçon était orphelin et, comme le chagrin lui avait un peu tourneboulé l'esprit, il avait dû se sauver de l'orphelinat où il avait été placé.

Or il se trouve que le journal de Bob était posé sur la table, à côté de lui, et le petit garçon l'aperçut soudain.

– Oh, regardez ! s'écria-t-il avec ravissement. C'est Mary-Lou !

Il montrait du doigt une photo de la nouvelle fiancée du prince. Le prince avait fait sa connaissance quelques jours plus tôt et les deux jeunes gens étaient tombés amoureux ; tout le monde ne parlait plus que de ces fiançailles princières.

– Elle va épouser le prince, commenta Bob. Mais elle ne s'appelle pas Mary-Lou. Ce n'est pas le genre de prénom que portent les princesses.

– J'ai l'impression que tu as un peu perdu la tête, dit

Jeanne. Et ce qui est sûr, c'est que tu ne sais pas où dormir cette nuit. Nous allons te préparer un lit, mon chéri, et tu pourras dormir ici ; demain matin, nous chercherons ensemble l'endroit qui te convient.

– Ah, dit-il. Je ne savais pas qu'il y en avait un. Autrement j'y serais allé ce soir.

– Écoute-moi, il faut qu'on te trouve un prénom quelconque, déclara Bob.

– Quelconque, répéta le garçon, comme pour chercher à se le mémoriser.

– Non, un vrai prénom, expliqua Jeanne. Comme... Gaspard. Ou bien...

– Crépin, proposa Bob. C'est le patron des cordonniers. Et c'est un joli prénom.

– Je parie qu'il y a aussi une sainte pour les blanchisseuses, dit Jeanne, seulement personne n'en a jamais entendu parler.

– De toute façon, si c'est un prénom de fille, ça n'ira pas.

– C'est juste, dit-elle. Tu ne crois pas... tu ne crois pas qu'on pourrait l'appeler Roger ?

Roger était en effet le prénom qu'ils auraient choisi s'ils avaient eu un fils.

– Pourquoi pas ? dit Bob. Ce n'est pas bien grave, pour un soir.

– Petit garçon, dit Jeanne en lui touchant l'épaule. Il faut qu'on puisse t'appeler par un prénom. Et comme tu n'en as pas un à toi, nous allons t'appeler Roger.

– Oui, répondit le petit garçon. Merci.

Ils lui firent un lit dans la chambre d'amis et Jeanne lui prit ses vêtements pour les laver. Ils donnèrent à Roger une vieille chemise de nuit qui avait appartenu à Bob, dans laquelle il avait l'air minuscule, mais il se pelotonna dans le lit gentiment, cherchant désespérément à enrouler autour de lui une longue queue imaginaire, puis s'endormit comme une masse.

– Qu'allons-nous faire de lui ? demanda Bob en passant le costume de page dans l'essoreuse à rouleaux C'est peut-être un enfant sauvage ; il aura été abandonné tout bébé et élevé par des loups. Ou par des rats. J'ai lu un article sur un de ces enfants dans le journal pas plus tard que la semaine dernière.

– N'importe quoi !

– Tu n'en sais rien, insista Bob. Il nous l'a bel et bien dit lui-même, souviens-toi : « J'étais un rat », tu l'as entendu comme moi !

– Les rats n'ont pas de livrée de page, rétorqua-t-elle Et ils ne parlent pas non plus.

– Il a pu apprendre à parler en écoutant à travers les murs. Et il a pu trouver le costume sur une corde à linge réplique Bob. Fais-moi confiance, c'est certainement ce qui a dû se produire. C'est un enfant sauvage qui a été élevé par des rats. Des histoires comme ça, il y en a toutes les semaines dans les journaux !

– Allez, tu n'es qu'un vieux fou, dit Jeanne.

Le petit coin

Le lendemain matin, Jeanne découvrit le petit garçon profondément endormi sur un monceau de draps en charpie et un invraisemblable fouillis de couvertures et de plumes.

Elle était sur le point de se mettre à hurler, car elle crut tout d'abord que quelque chose était entré par la fenêtre et avait agressé l'enfant, mais il dormait si paisiblement au beau milieu de ce capharnaüm qu'elle ne put se résoudre à le réveiller, malgré le désespoir qu'elle éprouvait à la vue de ces dégâts.

– Viens voir, dit-elle au vieux Bob qui restait bouche bée dans l'encadrement de la porte.

– On dirait un poulailler après le passage d'un renard, commenta-t-il.

Il n'y avait pas un drap ni une couverture qui n'aient été déchirés en étroites bandes fines. L'oreiller avait été crevé et sa garniture de plumes jonchait tout le lit. Même la vieille chemise de nuit de Bob n'avait pas été épargnée et ses lambeaux recouvraient tant bien que mal le petit corps assoupi.

– Oh, Roger, qu'as-tu fait ? gémit Jeanne.

Le garçon avait dû retenir son prénom, car il s'éveilla aussitôt et se redressa joyeusement sur le lit.

– J'ai encore faim, dit-il.

– Regarde ce que tu as fait ! Qu'est-ce qui t'a pris, hein ?

Il regarda fièrement autour de lui.

– J'ai eu bien du mal, mais j'y suis quand même arrivé, déclara-t-il. Il me reste encore quelques morceaux à déchirer et à mâchonner, mais je m'y remettrai tout à l'heure.

– Mais il ne faut pas déchirer les choses ! s'écria-t-elle. Il va falloir que je recouse tout ! Ce n'est pas comme ça que l'on vit ici, on ne déchire pas les draps ! Mon Dieu, mon Dieu...

Et plus elle regardait, plus elle découvrait l'étendue des dégâts. Il lui faudrait des heures et des heures pour réparer tout cela.

– As-tu fait cela parce que tu es un rat ? s'enquit Bob.

– Oui ! dit Roger.

– Voilà qui explique tout, répondit le vieil homme mais Jeanne n'avait pas le cœur à l'écouter.

– Cela n'a rien à voir ! Qu'importe ce qu'il était avant ce qui compte c'est ce qu'il est maintenant ! cria-t-elle en attrapant le petit garçon par ses frêles épaules pour le secouer, pas très fort, mais assez pour lui faire peur.

– Tu vas venir à la cuisine avec moi, dit Bob, j'ai à te parler. Mais d'abord, encore une petite leçon de politesse. Tu as fait beaucoup de peine à Jeanne, alors tu vas lui demander pardon.

– Pardon, dit l'enfant. Je comprends maintenant. Pardon.

– Allez, suis-moi, dit Bob en le prenant par la main.

Bob, qui avait remarqué que Roger se tortillait comme

un ver et compris ce qu'il voulait faire, l'emmena juste à temps au petit coin.

– Chaque fois que tu en as besoin, tu viens ici, lui expliqua-t-il.

– D'accord, répondit l'enfant. C'est une bonne idée.

– Maintenant, viens prendre ton petit déjeuner. Remonte-moi un peu ce qui reste de ta chemise de nuit, tu ne peux pas te promener tout nu, cela ne se fait pas.

Roger s'assit à table et regarda Bob lui couper deux tranches de pain, qu'il déposa sur la cuisinière pour les faire griller.

– Je vais te faire un œuf au plat, dit le vieil homme. Tu aimes les œufs ?

– Oh, oui alors ! J'aime beaucoup les œufs.

Bob en cassa un dans la poêle à frire, tandis que Roger contemplait, les yeux écarquillés, le blanc qui crépitait en faisant de petites bulles et le jaune d'or qui luisait au centre

– Oh, que c'est beau ! dit-il. Je n'avais jamais vu ce qu'il y avait à l'intérieur d'un œuf !

– Je croyais que tu en avais déjà mangé…

– Oui, mais dans le noir, expliqua Roger.

– Ah bon, quand tu étais un rat ?

– Oui. Moi et mes frères et sœurs, nous les mangions dans le noir, oui.

– Très bien, répliqua sans sourciller Bob qui fit glisser l'œuf dans une assiette et beurra les tartines grillées.

Roger avait le plus grand mal à se retenir, mais il se rappela qu'il fallait dire « merci » puis plongea son visage dans l'assiette et le retira tout aussi brusquement, le souffle coupé par la chaleur. Les yeux luisants de larmes, du jaune d'œuf plein le nez et la bouche, il se tourna vers Bob d'un air désespéré.

– Oh, j'avais oublié que tu ne savais pas comment les

petits garçons mangent les œufs, dit le vieil homme. Tu as probablement cru que tu étais encore un rat, c'est cela, non ?

– Oui, répondit Roger d'un air gêné en s'essuyant avec les doigts avant de les lécher les uns après les autres. Je n'ai pas trouvé la guillère, alors j'ai mangé avec ma figure.

– Une cuillère, pas une guillère. Et pour les œufs, tu prends un couteau et une fourchette. Tiens, regarde comment on fait.

Ignorant les larmes et l'œuf qui lui coulaient sur les joues, Roger mit tout son cœur à essayer d'imiter Bob. Il était beaucoup plus difficile de manger l'œuf au plat avec une fourchette que le pain au lait avec une cuillère, mais chaque fois qu'il se décourageait, Bob lui conseillait de manger un petit peu de pain grillé. Roger tenait sa tartine à deux mains, et la grignotait à toute vitesse à l'aide de ses dents de devant.

– J'aime bien les tartines grillées. Et l'œuf aussi.

– Parfait. A présent écoute-moi : nous devons essayer de savoir d'où tu viens et s'il y a quelqu'un pour s'occuper de toi. Parce que tu es trop petit pour être livré à toi-même. Et tu ne peux pas rester ici, parce que… parce que tu n'es pas de la famille, tu comprends ?

– Je veux rester ici. Je ne veux pas aller ailleurs.

– Bon, nous devons faire ce qu'il convient de faire. Il y a des gens intelligents à la mairie, ils sauront comment procéder. Nous y ferons un saut tout à l'heure.

– Bon, c'est bien, dit Roger.

La mairie

Le bureau qui les concernait se trouvait tout en haut d'un grand escalier, au bout d'un long couloir lambrissé. Bob et Jeanne étaient obligés de tenir le petit garçon par la main car il ne cessait de faire des petits mouvements de côté, de se tortiller, comme s'il cherchait à s'enfuir.

– Tu veux retourner au petit coin ? Hein, réponds-moi ? demanda Bob.

Et Jeanne essaya de le faire taire car elle avait horreur que l'on fasse allusion à ces choses dans un endroit aussi important.

– Il y a des moments dans la vie où le petit coin est l'endroit le plus important au monde, rétorqua Bob.

– Non, non, répondit Roger, j'avais simplement envie de savoir quel goût avaient les panneaux de bois.

– C'est un drôle de numéro, celui-là, commenta Jeanne.

Mais cela ne l'empêcha pas de jeter sur lui un regard attendri, car il avait vraiment fière allure dans son petit costume lavé et repassé, ses cheveux bien coiffés et plaqués sur le crâne, ses yeux noirs et pétillants, toujours aux aguets.

Au Bureau des enfants perdus, on les fit asseoir tandis qu'une dame remplissait un formulaire. Bob était très soucieux que tout se passe dans les règles.

– A vrai dire, nous aurions dû aller au Bureau des enfants trouvés, car il s'agit d'un enfant trouvé ; seulement ce bureau n'existe pas, que je sache, lui expliqua-t-il. C'est pourquoi nous sommes ici.

– Vous feriez mieux de m'expliquer la situation en détail, dit la dame.

Elle prit un crayon dans un pot qui en contenait une douzaine, tous parfaitement taillés.

Roger suivit des yeux la main qui s'approchait du pot, mais il ne la regarda pas revenir vers la feuille de papier. A peine avait-il découvert ces crayons qu'il en était littéralement tombé amoureux. Il les désirait de tout son cœur.

Donc, pendant que Bob et Jeanne, penchés au-dessus du bureau, étaient occupés à discuter avec la dame, Roger glissa précautionneusement la main vers le pot et, tout doucement, prit un crayon. Il lui était impossible de se retenir, un peu comme un chien ne pouvait s'empêcher d'engloutir la gamelle du chat dès que l'occasion s'en présentait.

Bob était très troublé par ce que lui disait la dame, c'est pourquoi il se penchait sur le bureau pour essayer de lire le formulaire qu'elle était en train de remplir.

– Non, non, dit-il. Ça ne va pas du tout. Il vient forcément de quelque part. Il y a nécessairement quelqu'un qui le recherche.

– Je peux vous certifier que nos archives sont scrupuleusement tenues à jour. Aucun enfant n'a été déclaré perdu dans notre ville. Absolument aucun, fille ou garçon.

– Et un enfant trouvé ?

– Nous ne pouvons rien faire en ce qui concerne les enfants trouvés. Nous ne nous occupons que des enfants perdus.

– Ça alors, s'exclama Bob. Je n'en reviens pas !

– Lui avez-vous demandé d'où il venait ? s'enquit la dame.

Et les trois adultes se retournèrent ensemble vers Roger.

Il leva la tête, content qu'on s'intéresse à lui, l'air un peu coupable toutefois. Comme l'extrémité du crayon dépassait encore de sa bouche, il s'empressa de l'y enfourner et serra les lèvres. Mais la mine de plomb avait laissé des traces tout autour, de même que les petits éclats de peinture rouge.

– Qu'as-tu fait là, mon petit ? demanda Jeanne.

Il essaya bien de répondre, mais le crayon prenait toute la place dans sa bouche.

– Ce crayon était la propriété du conseil municipal ! Vous allez être obligés de le rembourser !

Bob paya. Cela lui sembla très cher pour un simple crayon. Roger, qui avait bien vu qu'il avait fait une bêtise, dit : « Pardon », dès qu'il eut avalé le dernier petit morceau.

– C'est très gentil tout ça, mais tu ne penses pas ce que tu dis, vilain garçon, et voilà bien là le drame, se lamenta Jeanne.

Le petit garçon ne savait plus où il en était. Devait-il non seulement dire « pardon » mais faire encore autre chose ? Et que voulait dire « tu ne penses pas ce que tu dis » ? Il regarda les adultes l'un après l'autre, mais ils avaient repris leur conversation.

– Il vous a certainement dit quelque chose, insista la dame. J'essaie de vous aider, moi, bien que cela n'entre pas dans mes attributions. J'ai beaucoup de patience, vous savez.

Roger chercha autour de lui les patiences, mais comme il ne savait pas ce que c'était, il en conclut que ce devait être les crayons.

– Il nous a dit qu'il était un rat, dit Bob. Mais en ce moment même ; il n'a pas dit : « Je suis un rat. » Il a dit qu'il était un rat ; enfin, bref, qu'il l'avait été. Voilà.

La dame les considéra tous d'un air vaguement dégoûté.

– J'ai autre chose à faire qu'à entendre vos sornettes, déclara-t-elle.

– Parfait, dit Bob en se levant, surplombant de toute sa hauteur le petit garçon. Nous n'allons pas vous déranger plus longtemps. Tout ce que je peux vous dire, c'est que vous ne nous avez pas été d'un grand secours. Bonjour chez vous.

Et, prenant chacun Roger sous un bras, le vieux couple sortit de la mairie.

– Je ne vais pas rester ici ? interrogea l'enfant.

– Non, répondit le vieux Bob.

– Parce que j'ai été vilain ?

– Tu n'as pas été vilain.

– Mais Jeanne a dit que j'ai été vilain.

– Elle ne savait plus où elle en était, répondit Bob, soucieux. Et à présent, c'est moi qui ne sais plus où j'en suis.

L'ORPHELINAT

Puisqu'ils n'en étaient pas très loin, ils décidèrent d'aller faire un tour à l'orphelinat, au cas où. Mais une fois arrivés devant le grand bâtiment de brique délabré, quand ils virent les fenêtres cassées, le toit où il manquait plusieurs tuiles, quand ils sentirent l'odeur qui en émanait, une odeur typique d'orphelinat (fumée de cigarette froide, chou bouilli, crasse humaine, sans parler du reste), quand ils entendirent les longs sanglots de désespoir en provenance d'une fenêtre du premier étage, Bob et Jeanne se regardèrent et hochèrent la tête.

Ils n'avaient pas besoin de se parler. Saisissant d'un commun accord Roger par la main, ils firent tout bonnement demi-tour.

Le commissariat de police

Il y avait une lanterne bleue au-dessus de la porte du commissariat de police et un gros brigadier à l'accueil. Rien n'échappait au regard de Roger : l'affiche sur les coléoptères du Colorado, les photos des criminels recherchés, les instructions en matière de prudence à bicyclette. Comme il ne savait pas lire, c'est l'affiche du coléoptère qui eut sa préférence : la bestiole avait l'air savoureuse.

– C'est à quel sujet ? s'enquit le brigadier.

– Nous avons trouvé cet enfant hier soir, déclara Bob. Il ne sait pas d'où il vient. Nous avons pensé qu'il fallait l'amener ici.

– Je sais parfaitement d'où je viens, rectifia Roger. Je viens de sous le marché. Il y a une descente d'eau qui arrive sous l'éventaire du marchand de fromages, dans laquelle nous avons fait notre nid. J'étais un rat, ajouta-t-il pour que le policier comprenne bien.

Le brigadier lui jeta un long regard glacial.

– Ignorez-vous qu'il est interdit de faire perdre leur temps aux policiers ?

– Non, non, il a l'esprit un peu dérangé, expliqua Bob.

Il a dû recevoir un coup sur la tête. Il a tout oublié, jusqu'à son nom.

– Je le connais mon nom, maintenant, dit le petit garçon. Je m'appelle Roger.

– Prénom ? demanda le brigadier.

– Prénom... réfléchit Roger, prénom... Mon prénom, c'est Pré, Pré Roger, déclara-t-il en hochant vigoureusement la tête. C'est bien moi.

– Et nous sommes allés voir à la mairie, dit Jeanne, mais ils n'ont rien pu faire pour nous et...

– Et alors nous avons pensé que vous pourriez peut-être nous aider, dit Bob.

– S'il a reçu un coup sur la tête, dit le brigadier en tapotant sur le bureau du bout de son crayon, il faut le conduire à l'hôpital.

– Ah, nous n'y avions pas pensé, dit Jeanne.

Roger ne quittait pas des yeux la main du brigadier.

– Vous avez une belle patience, lui dit-il.

– Hein ?

– Votre patience, là... Vous, vous mâchonnez le bout carré, et moi je préfère commencer par la pointe.

Le brigadier resta bouche bée, puis retrouva ses esprits.

– Vous avez vu ? dit-il. Quand je dis « hôpital », il me parle de patience. C'est une preuve : il a reçu un coup sur la tête. Ou bien c'est un fou échappé d'un asile. Nous ne pouvons pas le garder ici, nous n'avons rien de prévu pour les fous, et de toute manière il n'a pas commis de délit. Pas encore, ajouta-t-il en fixant Roger.

L'HÔPITAL

– Non, dit l'employée de la réception, il ne vient pas de chez nous.

L'hôpital était une véritable fourmilière : des gens avec une jambe cassée ou une casserole coincée sur la tête attendaient d'être soignés ; des médecins en blouse blanche couraient en tous sens, écoutaient les battements de cœur ou prenaient les températures ; des infirmières vidaient des bassins ou faisaient des pansements et des bandages. C'était l'endroit le plus formidable que Roger ait jamais vu.

– Mais il a peut-être reçu un coup sur la tête ! gémit Jeanne. Le pauvre petit, il est persuadé qu'il était un rat !

– Hum, fit la réceptionniste qui écrivit « fantasme de rongeur » sur une feuille de papier rose.

– Vous avez beaucoup de patience, dit Roger en dévorant des yeux son bureau.

– Oui, et il en faut beaucoup ici, approuva-t-elle en tendant la feuille au premier docteur qui passait.

Cette réponse ne manqua pas d'étonner Roger, mais il n'y songea plus. Le docteur était un monsieur avec une petite barbiche noire, l'air très important.

– Suivez-moi, dit-il.

Bob et Jeanne firent entrer Roger dans le cabinet de consultation et regardèrent le médecin l'examiner avec quelque appréhension.

Il commença par palper la tête de Roger centimètre par centimètre.

– Pas de traumatisme crânien, décréta-t-il.

Roger était fasciné par le tube en caoutchouc que le docteur avait autour du cou et, lorsqu'il en introduisit les deux extrémités coudées dans ses oreilles et appliqua l'autre bout sur sa poitrine, il eut toutes les peines du monde à se retenir. Il avait tellement l'eau à la bouche qu'il en bavait.

– Bon appétit ? demanda le médecin

– Oui, excellent, dit Jeanne, en fait…

– Tant mieux, répondit le médecin en palpant les genoux de Roger.

Jeanne se dit alors qu'elle ferait aussi bien de se taire.

Le médecin ausculta Roger sous toutes les coutures et sembla ne trouver en lui qu'un petit garçon en bonne santé.

– Dites-moi alors, ce fantasme de rongeur ? finit-il par demander.

– Eh bien, il nous a dit qu'il était un rat, répondit Bob. Il en est absolument persuadé.

– Un rat, tu étais un rat ? Et quand donc as-tu cessé d'être un rat ?

– Quand je suis devenu un garçon, répliqua Roger.

– Oui, je vois. Et c'était quand ?

Roger tordit la bouche et chercha du regard l'assistance de Bob, mais le vieux monsieur ne pouvait rien pour lui, pas plus que Jeanne.

– J'en sais rien, dit le garçon au bout d'un moment.
– Et pourquoi as-tu cessé d'être un rat ?
– J'en sais rien.
– Tu sais ce que tu es à présent ?
– Je suis un garçon.
– C'est exact. Et tu vas rester un garçon, tu m'entends ?
– Oui, répondit Roger en hochant énergiquement la tête.
– C'est fini toutes ces histoires, hein ?
– Oui.
– Tu ne dois plus faire faire de souci à tes...

Le médecin hésita. Il s'apprêtait à dire « tes parents », mais après avoir jeté un nouveau regard sur Jeanne et Bob il se ravisa et dit : « tes grands-parents ».

Jeanne sursauta un peu vivement. Roger ne savait plus où il en était. Quant à Bob, il prit la main de Jeanne.

– Il ne nous faut faire aucun souci, dit-il. Tant qu'il est en bonne santé.

– Il va parfaitement bien, dit le docteur. C'est un petit garçon tout à fait normal et bien portant.

– Mais que devons-nous faire de lui ? demanda Jeanne.

– L'envoyer à l'école, quelle question ! rétorqua le docteur. Et maintenant laissez-moi, j'ai du travail. Au revoir.

le Père Fouettard

GRAND REMUE-MÉNAGE AU PALAIS !

Afin de célébrer le mariage princier, le palais va être redécoré de fond en comble.

ADIEU les vieilleries démodées et les croûtes poussiéreuses.

BONJOUR les meubles contemporains et modernes, au style nouveau, gai, jeune et à la pointe de la toute dernière mode.

Ces travaux de restauration ont été confiés à la séduisante blonde, Sophie Tendance-Boucher, 23 ans, la jeune et célèbre décoratrice. Les motifs en or du papier peint seront imprimés à la main.

Pendant toute la durée des travaux au palais, la famille royale séjournera à l'Hôtel Splendifico.

L'ancien...

...et le sympa

L'AVIS DU PÈRE FOUETTARD :

Oui, les travaux de restauration vont coûter une fortune.

Oui, c'est avec votre argent que seront financés ces travaux.

MAIS C'EST NOTRE FAMILLE ROYALE !

Où diable est donc passée notre fierté nationale ?

Nous avons les meilleurs décorateurs et artisans du monde, et aujourd'hui ils ont enfin l'occasion de montrer ce dont ils sont capables.

Et surtout n'oublions pas le prince Richard et sa radieuse future épouse. **Sont-ils obligés de vivre dans un musée?**

Soutenons tous ensemble la famille royale dans sa tentative de donner un grand coup de neuf au palais !

L'ÉCOLE

Comme ils n'avaient pas eu de chance dans leurs différentes démarches, Bob et Jeanne rentrèrent chez eux avec le petit garçon. Il était tout à fait content de trottiner entre eux en leur donnant la main, regardant à droite et à gauche, exactement comme s'il était leur propre fils.

– Grands-parents ! répéta Jeanne avec mépris.

– Ç'aurait pu être pire, tu sais, remarqua Bob. Il aurait pu croire que nous étions des rats…

– Mais qu'allons-nous faire de lui ?

– Je n'en sais fichtre rien. Mais je n'ai aucune envie de passer mon temps à monter et à descendre sans jamais arriver nulle part. Je vais être obligé de travailler très tard ce soir, et je suis exténué.

Cette nuit-là, Roger ne déchiqueta pas ses vêtements, mais Jeanne eut toutefois l'impression que les montants du lit étaient un peu rongés, et elle trouva un ou deux petits éclats de bois humides sous son oreiller à son réveil.

– Voilà un gentil garçon, dit-elle le lendemain matin en lui faisant chauffer du porridge sur la cuisinière. Tu vas me manger tout ça et ensuite je te conduirai à l'école.

Bob resta à la maison pour achever ses travaux de cordonnerie.

– Écoute bien ce que te dira la maîtresse et obéis-lui, recommanda le vieux monsieur. C'est l'unique façon d'apprendre quelque chose.

L'école était un grand bâtiment qui sentait les enfants. Cela plut tout de suite à Roger. Il y avait des garçons et des filles qui couraient dans la cour, jouaient au ballon, se battaient, criaient, et il se dit que c'était l'endroit idéal où passer la journée.

– Mais vous n'êtes pas de sa famille ? s'enquit le principal auprès de Jeanne qui tenait Roger par la main, debout devant son bureau.

– Non, mais c'est nous qui nous occupons de lui pour le moment, et le docteur nous a conseillé de l'inscrire à l'école.

– Je vois, répondit le principal. Bon, eh bien, Roger, quel âge as-tu ?

– Trois semaines.

– Cesse de faire l'imbécile. Ce n'est pas une façon de commencer chez nous. Si tu n'avais que trois semaines, tu serais encore un bébé. Quel âge as-tu ? Réponds-moi correctement cette fois.

Roger se tortilla, très embarrassé, et regarda Jeanne.

– Il ne le sait pas trop, dit-elle. Je crois qu'il a perdu la mémoire, le pauvre chaton. Il ne pourra pas vous répondre.

– Il a l'air d'avoir environ neuf ans, décréta le principal. Il ira dans la classe de Mme Copipas. Et là, ça m'étonnerait qu'il ait envie de faire l'imbécile.

Une cloche retentit et aussitôt tous les enfants s'arrêtèrent de courir, de crier et de se battre pour rentrer dans leur classe. Roger était déçu qu'ils cessent de s'amuser, mais il s'assit docilement là où la maîtresse le lui ordonna, à côté d'un garçon dont le nez coulait.

– Sortez vos crayons, ordonna Mme Copipas, nous allons faire un peu de calcul.

Roger n'avait pas de crayon, naturellement, sinon il l'aurait déjà mangé. Il se contenta donc de regarder les autres enfants sortir les leurs, et il comprit alors qu'il venait d'apprendre un mot nouveau : calcul voulait dire casse-croûte.

Mais à sa grande stupéfaction les autres élèves posèrent l'extrémité la plus savoureuse de leur crayon sur des feuilles de papier et tracèrent des traits avec. Roger n'avait jamais pensé qu'une telle chose fût possible, et il était si étonné et ravi qu'il éclata de rire.

– Qu'y a-t-il de si drôle ? lança Mme Copipas. Pourquoi ris-tu ? Hein ?

– Ils font des traits avec leurs patiences ! répondit Roger, enchanté de faire partager sa découverte.

– Tu es en train de jouer dangereusement avec la mienne, en tout cas. Tu n'as pas de crayon ?

– Non.

Mme Copipas, qui ne pouvait imaginer qu'un enfant vienne à l'école sans ses affaires de classe, le prit pour un petit insolent.

– Va au coin, lui ordonna-t-elle.

Roger était très content d'aller au coin, croyant qu'il pourrait faire des sourires aux autres enfants. Mais la maîtresse le fit mettre face au mur, ce qui était nettement moins intéressant. Alors celui qui avait le nez qui coulait sortit un élastique de sa poche et l'envoya dans le cou de Roger en le faisant claquer violemment.

Comme Mme Copipas était de dos, lorsque Roger poussa un cri, sauta en l'air et se frotta le cou, elle crut qu'il était en train de faire l'imbécile.

– Je te préviens, dit-elle, encore une bêtise et tu files chez le principal.

Toute la classe s'amusait follement, et dès que la maîtresse eut le dos tourné, quelqu'un d'autre envoya un deuxième élastique dans le cou de Roger. Roger cria de nouveau et se retourna brusquement pour se retrouver face à Mme Copipas qui fonçait sur lui la main levée.

Avait-elle réellement l'intention de le gifler, personne ne le sut, parce qu'elle ne réussit pas à le toucher. Se sentant menacé, Roger bondit en avant et lui mordit la main.

Il en saisit un bon morceau et tira vivement dessus, tandis que Mme Copipas hurlait et le frappait de sa main libre tout en essayant de lui faire lâcher prise. Les enfants ravis et médusés n'en perdaient pas une miette.

Naturellement, plus elle se débattait, plus Roger avait peur et plus il mordait fort, jusqu'au moment où elle réussit enfin à dégager sa main. Dos au mur, les yeux exorbités, Roger tremblait de tous ses membres ; plus personne ne riait.

– Eh bien, mon ami, ton compte est bon, déclara Mme Copipas.

La porte s'ouvrit . c'était le principal.

– Qu'est-ce que c'est que ce tapage ? demanda-t-il.

– Regardez ! s'exclama Mme Copipas en montrant sa main. Regardez ce que m'a fait cet enfant ! Il m'a mordue jusqu'au sang ! Je saigne !

En vérité, elle était obligée d'appuyer très fort sur sa main pour en faire perler une minuscule goutte de sang, mais pas de doute, c'était bien du sang.

Dans la classe, les enfants fixaient de tous leurs yeux le principal, Mme Copipas et Roger.

Le principal avait l'air de plus en plus grand, et Roger de plus en plus petit.

– Suis-moi, dit le principal d'une voix lourde de menaces.

Les élèves connaissaient bien cette voix : c'était celle qui annonçait qu'il allait faire usage de la canne. Il ne s'en servait que dans de rares occasions, mais on s'en souvenait pour la vie. Un silence total allait planer sur toute l'école tandis qu'un violent mal au ventre étreindrait les élèves ; et personne n'oserait plus regarder la victime avant qu'elle n'ait rejoint le lieu de son châtiment, ni lui adresser la parole lorsqu'elle en reviendrait, clopin-clopant, la goutte au nez. Et les jours suivants, tout le monde serait très calme et très triste.

Roger allait donc être fouetté, et tout le monde était au courant sauf lui.

Persuadé que le principal voulait le soustraire à la méchanceté de cette femme qui lui avait fait si peur, il leva les yeux vers lui et lui sourit.

– On peut faire des traits sur le papier avec ça. Je croyais au début que c'était des patiences, mais ici on les appelle autrement. Je n'aurais jamais pensé qu'on pouvait faire des traits avec.

Toute la classe attendait, la bouche grande ouverte. Comment un petit nouveau pouvait-il se permettre de s'adresser au principal sur un ton aussi familier ? Certains en furent choqués, d'autres ressentirent un certain contentement à la pensée des coups de canne supplémentaires qu'il ne manquerait pas de recevoir, et d'autres encore éprouvèrent une véritable admiration pour lui.

– Par ici, dit le principal.

Roger le suivit.

Le silence tomba sur la classe. Mme Copipas fit couler un peu d'eau sur sa main et la sécha avec son mouchoir. Puis elle prit un sparadrap dans son sac et l'appliqua soigneusement sur la morsure, sous le regard attentif des enfants toujours silencieux.

Puis, au moment même où elle ouvrait la bouche pour leur demander de se remettre au travail, un formidable hurlement retentit à l'autre bout du couloir.

Personne n'avait jamais entendu un tel cri. Lorsqu'un enfant était fouetté, il s'efforçait de ne faire aucun bruit, et certains parmi les plus durs au mal arrivaient même à se retenir de pleurer, ce en quoi on les admirait grandement. Mais jamais aucun enfant, même le plus douillet des petits, n'aurait osé pousser un cri aussi déchirant. On aurait dit que le son leur crevait les tympans, s'introduisait dans leur tête et tournait en vrille à toute vitesse à l'intérieur de leur crâne, au point que certains d'entre eux furent contraints de se boucher les oreilles.

Ceux qui ne le firent pas purent entendre d'autres bruits : la voix du principal, que la colère rendait de plus en plus aiguë, des meubles que l'on brisait, des portes que l'on claquait, des pas qui couraient dans le couloir, bref, ce fut la leçon de calcul la plus formidable de l'année.

– Regardez, il se sauve ! s'écria une petite fille en montrant du doigt la cour de récréation.

Roger courait comme un dératé en direction du portail, bientôt rattrapé par le principal, rouge de rage et à bout de souffle. Tous les élèves se précipitèrent à la fenêtre, sourds aux appels de Mme Copipas qui tentait de les faire rasseoir. Ils sautaient en l'air, battaient des mains et riaient aux éclats, incapables de dissimuler plus longtemps un enthousiasme quelque peu choqué, tandis que Roger se débattait, hurlait, jouait des pieds et des poings et parvenait enfin à s'enfuir, tandis que le principal faisait de grands moulinets dans le vide avec sa canne.

Après quoi Roger escalada la grille en moins de deux et disparut au coin de la rue.

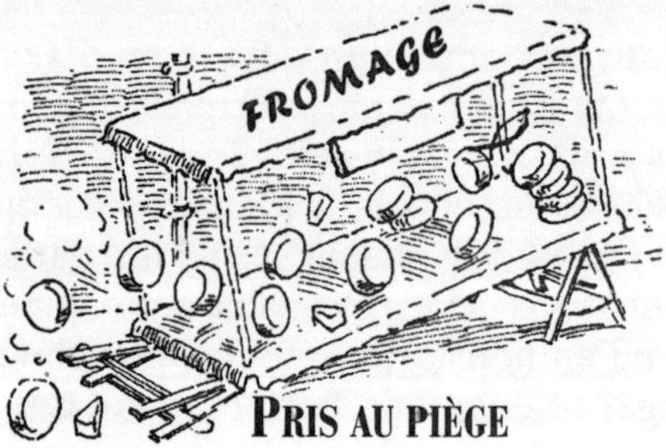

Pris au piège

Fou de terreur, Roger courut à travers les rues et les ruelles jusqu'à la place du marché où il se faufila entre les éventaires, regardant à droite, regardant à gauche, secoué de violents sanglots. Il était tout dépenaillé et avait le visage trempé de larmes et le nez qui coulait.

Il finit par se mettre à quatre pattes et à ramper sous l'éventaire du fromager pour atteindre la descente d'eau dans le coin du mur ; mais ce fut une grave erreur. Il n'était pas aussi petit qu'il le croyait et, avant d'avoir compris ce qui lui arrivait, il heurta l'un des tréteaux qui supportait l'étal des fromages.

Tout s'écroula d'un seul coup. Les fromages roulèrent par terre, glissèrent, tombèrent, rebondirent en tous sens. Les chiens du voisinage apprirent aussitôt qu'il y avait une distribution gratuite de fromage sur le marché, et en quelques instants une meute hurlante déferla sur l'étal renversé. Roger avait une peur bleue des chiens, et lorsqu'il les vit accourir, il hurla à son tour et se blottit dans un coin, où il était très facile de l'attraper.

Cinq minutes plus tard, Roger se retrouvait au poste de police.

– Qui c'est celui-là ? interrogea le brigadier lorsqu'on

vint le prévenir de l'arrestation de Roger. Un petit garçon en costume de page ? J'aimerais bien le voir personnellement.

Roger était tapi en boule au fond de la cellule lorsque le brigadier en ouvrit la porte. Roger bondit aussitôt vers la lumière, mais le brigadier l'attrapa prestement au collet.

– Ah, je me doutais bien que c'était toi, dit-il. Un trublion né, voilà ce que tu es. Dès que j'ai entendu les mots « fromage » et « marché », j'ai pensé à toi. Heureusement que j'ai conservé ton adresse. On va voir quelle impression ça leur fait à ta vieille tante et à ton vieil oncle de venir te sortir d'ici.

Lorsque Bob arriva, il n'était pas content du tout.

– Eh bien, brigadier, dit-il au policier derrière son comptoir. Qu'a-t-il fait ? Aux dernières nouvelles, il était à l'école.

– Ah ! s'exclama le brigadier d'un air de triomphe, eh bien, il n'y est plus. Votre gamin s'est mis dans de beaux draps : troubles de l'ordre public, voies de fait. On pourrait même aller jusqu'à l'émeute ! Qu'on me l'amène ! ordonna-t-il à un agent.

– L'émeute ? Comment un petit garçon pourrait-il faire une émeute à lui tout seul ?

L'agent revint en tenant fermement Roger qui sourit de soulagement en voyant Bob.

– Ah, j'étais très inquiet, dit-il. Tout ça, parce que j'ai commencé à me faire du souci. Mais je ne me serais pas fait de souci si le principal ne m'avait pas battu.

– Il t'a battu ? s'étonna Bob. Et pour quelle raison ?

– J'en sais rien. C'est un mystère. Elle a dit que c'était le principal, mais le principal quoi ? je l'ignore. Comme j'étais curieux de le savoir, je l'ai suivi. Il m'a fait pencher en avant, alors j'ai cru qu'il voulait jouer à saute-mouton avec moi, comme je l'ai vu faire dans la cour de récréation. Mais tout à coup, vlan ! Il m'a frappé la queue avec un fichu bâton ! Oh, que ça m'a fait mal ! J'aurais préféré qu'il ne soit pas le principal, il m'aurait peut-être fait moins mal. Alors je me suis enfui et je me suis pris les pattes dans les fromages. Et puis ils m'ont attrapé et ils m'ont enfermé dans cette pièce. Nous pouvons partir maintenant ?

– Brigadier, ce n'est pas un dangereux criminel, dit Bob. Ce n'est qu'un petit garçon qui ne sait plus très bien où il en est. Vous n'allez tout de même pas mettre en branle la puissante machine judiciaire afin de punir un petit garçon qui a fait une simple bêtise, dites-moi ?

– Et mon stand, alors ? demanda le fromager qui venait d'arriver. Et mes fromages ? Qui c'est qui va me les payer, hein ?

Le cœur de Bob se serra.

– J'imagine que c'est à moi de rembourser les dégâts, conclut-il. Faites le compte et envoyez-moi la note. Mais, vous savez, je ne suis pas riche.

– Brigadier, dit l'agent de police, ce ne serait pas l'enfant qui racontait qu'il était un rat, par hasard ?

– Oui, oui, répondit précipitamment Roger. J'avais même une queue, une vraie. Elle était formidable.

– Du calme, coupa le brigadier d'un air sévère. Chez les gens comme il faut, il n'y a pas de rats. On doit tout faire pour les exterminer.

Naturellement, Roger ignorait ce que signifiait exterminer, mais ce mot-là ne lui disait rien qui vaille. Il s'agrippa au bras de Bob et resta silencieux.

Il fut convenu que Bob paierait les fromages et que Roger tâcherait à l'avenir de se tenir correctement.

– Et si jamais je te revois ici, menaça le brigadier, tu auras affaire à moi… Souviens-t'en !

le Père Fouettard

UNE BONNE FESSÉE

Six députés s'élèvent contre la proposition d'interdire les châtiments corporels à l'école.

« C'est comme ça que je suis devenu l'homme que je suis aujourd'hui ! a affirmé sir Bernard Brute, député. De nos jours, les enfants échappent à toute autorité. Il faut les corriger sévèrement et souvent. »

Sir Bernard Brute, député, faisant la démonstration de la force de ses convictions.

Certains enseignants affirment que les coups n'ont plus leur place dans la société humaine et compatissante à laquelle ils entendent parvenir.

« C'est un vestige du Moyen Age, nous a déclaré hier un instituteur. Il n'est plus nécessaire d'avoir recours à la torture pour que les enfants se tiennent convenablement. »

Mais ils ne sont pas tous de cet avis.

« Il y a un noyau dur de voyous très violents dans nos écoles, a dit M. Hugues Hachette, principal de l'école élémentaire Sainte-Jeanne. Si nous laissons tomber les coups, nous ôtons à nos instituteurs la possibilité de se défendre. »

L'AVIS DU PÈRE FOUETTARD :

Ne laissons pas tomber les coups !

Ces piètres « experts » qui prétendent qu'il est cruel de battre les enfants ne font de bien à personne.

En revanche, une petite claque n'a jamais fait de mal à un enfant.

Et aujourd'hui, dans nos écoles, bon nombre de vilains petits sauvageons mériteraient une bonne raclée pour revenir dans le droit chemin.

Votez pour le maintien des châtiments corporels !

Lecteurs, faites-nous part de votre opinion en répondant à notre sondage, page 10.

UN CAS BIZARRE AUTANT Q'INTÉRESSANT

Par une douce matinée ensoleillée, le Philosophe royal faisait un petit somme.

Normalement, c'était le moment de la journée que préférait le roi pour venir bavarder avec le Philosophe royal devant une tasse de café et un petit gâteau, afin de débattre de questions aussi graves que de savoir pourquoi les tartines tombent toujours du côté de la confiture ou si les mouches font toujours des loopings avant de se poser au plafond ; mais comme la famille royale avait emménagé à l'Hôtel Splendifico pour la durée des travaux de décoration en vue du mariage princier, personne n'avait besoin de ses services en matière de philosophie.

Le serviteur qui réveilla le Philosophe royal pour déjeuner était un cousin de l'agent de police qui avait arrêté Roger et, certain que cela intéresserait le vieux monsieur, il lui raconta toute l'histoire.

– Il a dit qu'il était un rat ?

– Non, il a dit qu'il a été un rat, monsieur. Enfin, il n'était plus très sûr de rien. Mon cousin m'a dit qu'il en avait eu la chair de poule. Il a horreur des rats.

Le Philosophe royal nota le nom de l'agent de police et, après déjeuner, se rendit au commissariat pour se renseigner sur cette affaire.

Le brigadier fut très impressionné par la carte de visite du philosophe.

– Dans la mesure où je vois le mot « philosophe » accolé au mot « royal », je ne peux m'empêcher de me demander si par hasard je n'aurais pas tort de penser que vous avez probablement eu l'occasion de rencontrer la fiancée du prince. Comment est-elle ? Est-elle aussi jolie en chair et en os qu'en photo ?

Le philosophe lui confia ce qu'il en pensait.

– Mais cet enfant qui a dit qu'il était un rat, reprit-il, vous savez où il habite ?

– Pas « était un rat », corrigea le brigadier. Il a été un rat, dans le temps, mais plus maintenant. Oui, oui, son adresse est dans le dossier.

Le brigadier donna l'adresse de Bob et de Jeanne au philosophe.

– Mais je vous mets en garde, ajouta-t-il. Rat ou pas rat, cet enfant est un mauvais sujet. Il va mal tourner.

– Je vous remercie infiniment, dit le Philosophe royal, et vous souhaite une bonne journée.

Dans l'échoppe du cordonnier, Bob était occupé à empoisser du fil.

– Bonjour, monsieur. Vous désirez ?

– Vous êtes bien monsieur Bob Doucet ? Tuteur d'un garçon du nom de Roger ?

Bob eut peur, puis il se montra prudent.

– Qu'a-t-il encore fait ? demanda-t-il.

– Je voudrais le voir. Il est ici ?

– Il est en train d'aider ma femme, dans la buanderie.

Il faut toujours l'avoir à l'œil, autrement il nous mange tout le savon. Mais qui êtes-vous, monsieur ?

– Mon intérêt pour cet enfant est de nature purement philosophique. Puis-je le voir ?

– Eh bien, je ne vois pas pourquoi je m'y opposerais. Par ici, monsieur…

Bob conduisit le Philosophe royal à la buanderie dont l'air chaud était saturé de vapeur d'eau. Jeanne était en train de remuer des draps dans un grand baquet d'eau bouillante à l'aide d'un gros bâton, tandis que Roger introduisait une taie d'oreiller dans l'essoreuse à rouleaux et goûtait de temps en temps l'eau qui s'en écoulait.

– Madame Doucet ? demanda le Philosophe royal. Et Roger ?

Jeanne s'essuya les mains et attira Roger contre elle. Le petit garçon dévorait de ses yeux noirs et brillants le Philosophe royal.

– Vous avez quelque lessive à me confier, monsieur ? interrogea Jeanne.

– Non, non. Mon linge est lavé par les blanchisseuses du palais. J'avais envie de bavarder quelques instants avec votre, euh… avec le jeune, euh… avec Roger.

– Il n'a pas d'ennuis au moins, dites-moi, monsieur ? s'enquit Jeanne tout inquiète.

– Non, non, je mène une petite étude purement philosophique.

– Eh bien, je pense que vous pourriez peut-être aller discuter dans le salon si vous le désirez…, dit-elle avant de les conduire dans une petite pièce qui sentait l'encaustique. Je vous laisse, car j'ai encore du travail. Sois sage, Roger, et réponds poliment à ce monsieur. Et ne te ronge pas les ongles…

Après le départ de Jeanne, le Philosophe royal s'assit sur une chaise et examina Roger : c'était un petit garçon de huit ou neuf ans probablement, vêtu d'une livrée.

– Alors, Roger, explique-moi, pourquoi as-tu une livrée de page ?

– J'en sais rien. Je crois que j'ai oublié pourquoi, mais je n'en suis même pas sûr. Si j'arrivais à me souvenir pourquoi je l'ai oublié, je saurais pourquoi je porte ce costume, mais j'ai certainement oublié sans m'en souvenir.

Le Philosophe royal, qui était rompu aux problèmes de logique, comprit sans le moindre mal les explications du petit garçon.

– Oui, je vois. A présent, accepterais-tu que je t'examine convenablement ? Cela ne te fera aucun mal.

– J'espère bien, rétorqua Roger.

Le Philosophe royal pensait déjà à l'ouvrage qu'il allait

écrire sur le sujet. Quelle découverte ! On avait déjà vu des enfants élevés par des loups, mais jamais le cas d'un enfant élevé par des rats n'avait été étudié. Il allait être célèbre ! Tout en se frottant les mains, le Philosophe royal laissa Roger occupé à mâchonner un des glands de l'abat-jour et alla parler à Bob.

– Vous désirez l'emmener avec vous ? demanda Bob d'un air réprobateur.

– Oui, juste pour procéder à quelques petits examens, voyez-vous : le peser, le mesurer, ce genre de choses. Cela afin de savoir quelle peut être l'influence des rats sur un petit d'homme. C'est une question d'une importance philosophique capitale.

– Mais lorsqu'il était parmi les rats, il n'était pas un être humain, corrigea Bob. C'est seulement à présent qu'il l'est.

– Je sais, mais voyons, il est bien entendu qu'il n'était pas vraiment un rat, répondit le Philosophe royal en se demandant comment ces gens pouvaient être aussi naïfs.

– Hum, fit Bob. Vous nous le ramenez ce soir, et surtout ne lui faites pas de mal. J'ignore quelle responsabilité légale nous avons envers lui, mais il est venu vers nous, il a frappé à notre porte, et cela me suffit. Et c'est un adorable petit bonhomme, malgré cette manie qu'il a de tout grignoter. Prenez bien soin de lui.

– Ne vous inquiétez pas pour ça, dit le Philosophe royal.

Roger avait mangé tous les glands sauf un. Bob soupira et arracha le dernier qui pendait pour le glisser dans la main du petit garçon.

– Je ne comprends pas comment tu fais pour digérer tout ça, franchement, je ne comprends pas.

– Moi non plus, répondit Roger. C'est aussi un mystère pour moi.

– Maintenant tu vas partir avec ce monsieur et bien lui obéir, d'accord ? Et il te raccompagnera à la maison, ce soir, pour le dîner.

Roger dit au revoir à Bob et suivit allègrement le Philosophe royal.

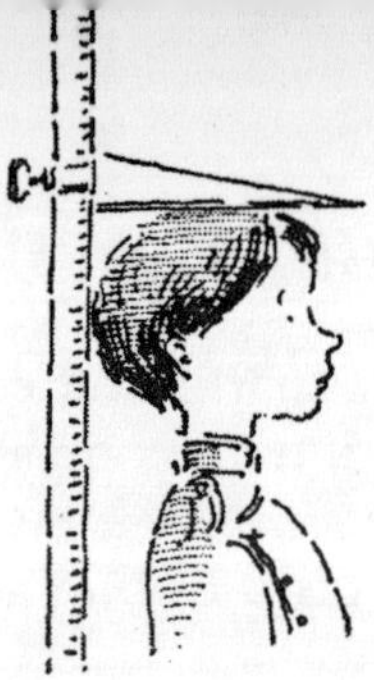

Un examen philosophique

– Je suis déjà venu ici, affirma Roger en montant le bel escalier du palais.

– Tu es sûr, mon garçon ? s'étonna le Philosophe royal.

– Oui, oui. J'ai même glissé le long de cette rampe.

Et le Philosophe royal de conclure : « Incapable de distinguer le réel de l'imaginaire. »

Aussitôt arrivé dans son cabinet, il pesa Roger, puis le mesura, puis écouta son cœur, puis lui compta les dents. Cela ne lui apprit pas grand-chose, mais il remarqua néanmoins que Roger avait une dentition tout ce qu'il y a de plus normale chez un être humain, sans rapport aucun avec celle des rats. Inutile de lui chercher une queue : l'enfant était un petit d'homme des pieds à la tête, il n'y avait pas l'ombre d'un doute.

– A présent, Roger, passons aux tests d'aptitude mentale. Deux et trois font ?

– Deux et trois quoi ? demanda Roger interloqué.

– Écoute-moi bien, si tu as deux choses, et que tu en ajoutes encore trois, combien en as-tu ?

– Ah, ça dépend. Si ce sont de toutes petites choses, on n'en aura pas beaucoup, mais si ce sont de grosses choses, on ne pourra même pas les porter, expliqua Roger.

– Oui, je vois. La moitié de quatre, qu'est-ce que c'est ?

– Un fromage, répondit Roger. Le comté. Le quart de quatre, c'est aussi du comté. Le quart de cinq, c'est du coulommiers. Un, c'est le reblochon, deux le brie.

– Je ne comprends pas, répondit le Philosophe royal sans cesser de noter tous les propos de Roger.

– Mais oui, quand ils viennent chez le marchand de fromages et demandent une demi-livre du numéro quatre, c'est le comté, ou un quart de livre du numéro cinq, c'est le coulommiers. Je l'aime bien celui-là parce que ça arrive qu'il y ait des vers dedans. Seulement parfois ils disent simplement « une demie » au lieu d'une demi-livre, c'est comme ça que j'ai compris ce que vous me demandiez. Faut être malin dans la vie.

– Certes. Mais dis-moi un peu, où as-tu appris à parler ?

– Quand j'ai changé, quand je suis devenu un petit garçon.

– Mais tu n'as pas réellement changé, non ? Tu n'as jamais cessé d'être un petit garçon. Peut-être as-tu pensé que tu étais un rat. Les rats ne peuvent pas…

– Mais je ne pensais jamais quand j'étais un rat ! J'étais un rat, un point c'est tout ! Donc je n'ai jamais pensé que j'étais un rat. Je n'ai commencé à penser que lorsque je suis devenu un garçon. Maintenant je pense que je suis un garçon. Mais je m'embrouille… J'espère que je ne vais pas me mettre en colère.

– Parfait, parfait, répondit le philosophe avec quelque nervosité.

Il n'avait pas l'habitude des enfants, après tout, et il s'attendait probablement à ce qu'ils se montrent irrationnels. Mais même le roi était plus rationnel que cet enfant.

– Allez, calme-toi, reprit-il. Maintenant je vais te poser quelques questions sur le monde dans lequel nous vivons. Connais-tu le nom du Premier ministre ?

Roger éclata de rire à ce qu'il prit pour une plaisanterie du Philosophe royal.

– Non ! dit-il joyeusement.

– Et le nom de cette ville ?

– Je ne savais pas qu'elle avait un nom. Je croyais qu'elle était là simplement, comme un rat.

– Comment s'appelle le roi ?

– Ah, ça, je sais. Il s'appelle Henri.

– Et la reine ?

– Non, elle ne s'appelle pas Henri. C'est la reine Marguerite.

– Et le prince ?

– Non, le prince ne s'appelle ni Henri, ni Marguerite. Il s'appelle Richard.

– Parfait. Tu connais leur nom à tous les trois. C'est très bien.

– Et je connais aussi le nom de celle que le prince doit épouser. Elle s'appelle Mary-Lou.

– Mary-Lou ! s'exclama le Philosophe royal. Non, non. Elle s'appelle Aurélia.

Roger eut l'air dubitatif.

– Peut-être qu'elle s'appelle aussi Aurélia, admit-il. Mais à la cuisine, tout le monde l'appelait Mary-Lou. J'en suis sûr.

Et le Philosophe royal de noter : « Identification imaginaire avec des personnages célèbres. Fréquent chez les gens du peuple. Signe chez l'enfant d'une origine modeste. »

– Qu'est-ce que ça signifie ce que vous venez d'écrire ? demanda Roger.

– Je prends des notes pour me souvenir de notre conversation.

– Ah bon. Vous n'avez peut-être pas beaucoup de mémoire. Quand vous aurez appris comment vous rappeler les choses, vous n'en aurez plus besoin, vous verrez. Vous pouvez toutes les ranger dans votre tête, bien à plat. Elles ne prennent pas beaucoup de place, continua Roger, du moment que vous les pliez convenablement. J'ai vu comment Jeanne faisait avec les draps et je me suis dit que c'était une bonne idée. Alors maintenant, je repasse et je plie toutes les choses dans ma tête et je les empile soigneusement. Comme ça je sais toujours où elles se trouvent.

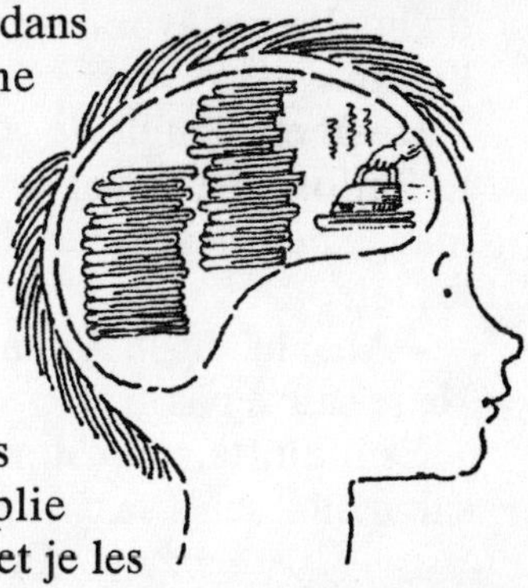

– Remarquable, dit le Philosophe royal qui nota aussitôt : « Fou. Troubles sensoriels et mentaux de nature paranoïde. »

Roger avisa le cordon de la sonnette dans l'angle de la pièce.

– Excusez-moi, dit-il, mais vous voyez cette corde ? Eh bien, le bout est tout effiloché. Ça peut être dangereux ; quelqu'un pourrait se prendre les pieds dedans et se faire mal. Alors si vous voulez, je peux vous le grignoter, rien que ce petit bout. Si ça vous intéresse…

– Eh bien, euh…, dit le philosophe, avant d'ajouter : Oui, pourquoi pas ?

Il tourna la page de son carnet et nota : « Appétit vorace anormal. »

Roger mordilla l'extrémité du cordon et s'aperçut alors

qu'il avait tiré sans le faire exprès sur un des fils, beaucoup plus long, qu'il se mit en devoir de ronger également ; et il tomba ainsi sur un nœud particulièrement savoureux, dont l'odeur exquise venait d'un des fils d'or du gland ; quelques instants plus tard, Roger, au comble du bonheur, dévorait le cordon de sonnette d'un bout à l'autre.

De fil en aiguille, le voyant manger de si bon appétit, le Philosophe royal songea à la nourriture, à ce que mangeaient les rats et, logiquement, à ce qui mangeait les rats.

– Ah, ah ! dit-il. Attends-moi un instant, mon garçon. Ne te sauve pas.

Et il quitta son cabinet pour se précipiter dans son salon où il saisit sa chatte Mouchette sous le ventre, s'en retourna aussitôt auprès de Roger.

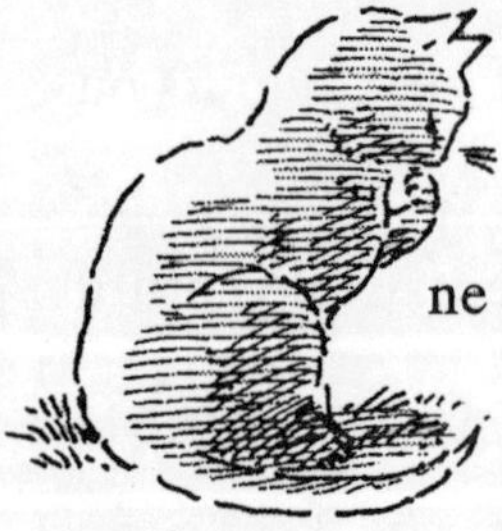

Mouchette n'était pas une chatte philosophe ; elle était paresseuse, gloutonne et particulièrement bête. Cela ne la dérangeait aucunement de se faire transporter d'un endroit à un autre, pour la bonne raison qu'il n'y avait pas grand-chose à déranger dans sa petite tête. Donc, coincée sous le bras du Philosophe royal, elle se laissa faire, les pattes arrière pendant mollement, celles de devant tendues, les yeux mi-clos…

Jusqu'au moment où ils entrèrent dans le cabinet.

Dès que Roger vit la chatte, il poussa un cri strident et bondit vers la fenêtre ouverte. Il atterrit au beau milieu d'une plate-bande, se releva et détala, tandis qu'en toute logique Mouchette se lançait à sa poursuite.

Mais comme c'était une chatte très paresseuse, lorsqu'elle s'aperçut qu'elle devrait certainement dépasser la limite de la pelouse, elle ralentit l'allure et abandonna sa chasse. Elle oublia sa proie presque instantanément et s'assit sur son derrière pour faire sa toilette, sous le regard éberlué du Philosophe royal qui, de sa fenêtre, vit quelques secondes plus tard Roger franchir les grilles du palais et disparaître.

M. Lachignole

Or, ce jour-là, un forain baguenaudait au marché. La fête foraine s'était installée dans la ville voisine et, comme toutes les foires, elle tournait dans la région, mais cet homme s'était rendu dans la ville de Roger parce qu'il avait entendu dire des choses qu'il voulait vérifier. Olivier Lachignole, tel était son nom, était le propriétaire d'une des attractions de la foire.

En ce début de soirée, M. Lachignole se trouvait au café du « Cheval noir », un verre de bière à la main et un gros cigare entre les dents, en grande discussion avec le marchand d'anguilles en gelée du marché.

– On m'a raconté quelque chose de très curieux, dit M. Lachignole. Je ne suis pas sûr d'avoir bien compris, mais il s'agirait d'un enfant qui en réalité serait un rat. Vous n'auriez pas entendu parler de ça, par hasard ?

– De rats ? Non. Ç'a été un véritable fléau, mais le maire et tout le conseil municipal ont chargé une société d'exterminateurs de nous en débarrasser. Impeccable ! Ils ont exterminé tout ce qui bougeait : les rats, les souris, les cafards, les puces, les poux ! Nettoyés ! Pour ça, ils ont fait le ménage ; c'est tellement propre maintenant que j'ai même plus besoin de laver mon étal, c'est dire ! Merci, je reprendrais bien la même chose.

M. Lachignole songea qu'il ne fallait surtout pas manger d'anguilles en gelée dans cette ville.

– Ils n'ont sûrement pas été tous exterminés, intervint un maquignon. Les rats et les souris, c'est impossible… Ils sont tellement malins ! Ils ont la ruse dans le sang. Ils recueillent des échantillons du poison et s'entraînent à le digérer. Ça ne m'étonnerait pas qu'il y ait une race de super-rats dans les égouts. Avec des crocs grands comme ça ! Et une haine féroce envers tous les humains. Le temps des rats est venu, souvenez-vous de ce que je vous dis là…, le temps des rats est venu.

M. Lachignole écouta attentivement, offrit encore plusieurs bières et remarqua avec satisfaction que si personne n'avait entendu parler de rats récemment, ni de garçon qui avait été un rat, ces animaux déclenchaient chez tout le monde une répulsion immédiate et un bon frisson. Et les bons frissons font les bonnes affaires.

Il sirota sa bière, tout en imaginant ce que l'on pouvait faire avec des rats : de super-rats, des enfants-rats, un spectacle exceptionnel d'hommes-rats, dressés et présentés par Olivier Lachignole – ou plutôt, par le professeur Lachignole – voilà qui ferait une belle affiche. Il la ferait dessiner dès son retour.

Quand soudain il sentit une main se poser sur son bras et se retourna : c'était un petit marchand de légumes bien propret, à la moustache impeccablement taillée.

– Excusez-moi, dit-il, mais l'enfant-rat dont vous parliez, je viens de le voir.

– Mon cher ami ! s'exclama M. Lachignole. Vous le connaissez donc ? Où est-il ?

– Si c'est bien celui auquel je pense, répondit le petit homme, il a été recueilli par mes voisins. Mais on ne croirait pas à le voir qu'il soit un rat, je vous assure, il a l'air d'un petit garçon. Sauf qu'il a un appétit phénoménal. Et ça, croyez-moi, c'est très, très, bizarre.

– Vous avez dit que vous l'avez vu ? demanda M. Lachignole.

– Oui. Il vient de se faufiler dans cette impasse ; il avait l'air aux abois.

– Je vous remercie. Allez, vous boirez bien quelque chose !

Après avoir glissé quelques pièces dans la main du marchand de légumes, il se précipita dans l'impasse.

C'était un endroit assez sordide, entre l'asile municipal et l'hôtel Salmigourbi. Au premier abord, M. Lachignole ne vit personne mais, entendant un petit bruit métallique, il alla regarder derrière un monceau de cartons, de bouteilles de vin et de cageots de légumes pourris.

C'est alors qu'il aperçut un petit garçon, accroupi auprès d'une poubelle renversée, qui raclait à pleines mains un petit pot contenant une espèce de pâte. Il releva brusquement la tête et M. Lachignole, dans l'odeur nau-

séabonde des ordures, découvrit avec joie les petites mâchoires aux mouvements vifs, et les yeux noirs et brillants qui le fixaient.

– Dis-moi un peu, ne serais-tu pas par hasard le petit garçon qui a été un rat ?

– Si, répondit Roger. Mais maintenant, je suis…

– Formidable !

– Je n'ai pas fait exprès de renverser cette poubelle, mais je…

– Ne t'en fais pas pour ça, mon petit. Viens avec moi !

Abandonnant à contrecœur les restes de rillettes de saumon qui marinaient dans la poubelle depuis au moins six jours, Roger donna la main à M. Lachignole et le suivit parce qu'il se dit qu'il devait être sage et obéissant.

Où est-il passé ?

Comme Roger n'était toujours pas rentré, Bob et Jeanne ne savaient pas très bien à partir de quel moment ils devaient commencer à s'inquiéter. D'un côté ils savaient qu'il était chez le Philosophe royal, qui devait certainement s'occuper de lui correctement, mais de l'autre l'homme avait dit qu'il le raccompagnerait et il n'était toujours pas là.

Et d'un autre côté, il y avait le fait que ni Bob ni Jeanne n'ayant jamais eu à s'occuper d'un enfant, ils ne savaient donc pas à quoi s'attendre de sa part ni s'il fallait s'inquiéter ou pas.

D'un autre côté encore, il y avait aussi le fait qu'ils avaient déjà commencé à s'inquiéter pour lui car, si étrange fût-il, ils l'aimaient énormément.

Heureusement pour eux que la pièce n'avait que quatre côtés, parce que sinon ils se seraient inquiétés beaucoup plus. Jeanne alla même jusqu'à rembarrer Bob, chose qu'elle ne faisait pratiquement jamais.

– Et qu'est-ce que tu fabriques à perdre ton temps avec ces espèces d'escarpins ? dit-elle. Personne n'aura le pied assez fin, et ce que le cuir a dû te coûter, je n'ose y penser !

Bob, qui achevait de coudre les petits escarpins rouges, la regarda par-dessus ses lunettes.

– Si un cordonnier ne peut plus fabriquer des souliers pour le simple amour de l'art, c'est bien regrettable. Ne t'en fais pas, un jour ou l'autre nous serons bien contents de les avoir.

Bob n'était pas en colère ; il savait bien que Jeanne était inquiète. Et lorsque le vieux coucou sonna neuf heures, il rangea les escarpins et ôta ses lunettes.

– Bon, il est bien assez tard, déclara-t-il. Je n'ai pas l'intention d'attendre davantage. Je vais de ce pas au palais pour voir ce qu'a fabriqué cet homme.

– Je t'accompagne. Je ne peux pas rester assise là à attendre.

– C'est quand même drôle. Cela fait trente-deux ans que nous restons là, dans cette pièce, assis au coin du feu, et nous n'avons jamais eu l'impression d'attendre quoi que ce soit.

Ils mirent leur chapeau et leur manteau, et se présentèrent à l'entrée de service du palais. Des gardes jouaient au football dans la cour, tandis qu'une sentinelle lisait le journal dans sa guérite en fumant une cigarette, de sorte qu'ils purent arriver à la porte sans encombre. Ils entendirent des rires à l'intérieur ainsi que des tintements de verres.

– Oui ? fit une servante en ouvrant la porte avant d'émettre un petit hoquet. Hic !

– Nous venons pour le petit garçon, déclara fermement Bob. Il est grand temps qu'il aille se coucher. Le monsieur qui voulait l'examiner doit avoir terminé à l'heure qu'il est.

La servante disparut, leur claquant la porte au nez. Au bout de quelques instants, durant lesquels Bob et Jeanne durent souffler dans leurs mains et frapper des pieds pour ne pas geler sur place, elle réapparut.

– Le professeur Fesseur a dit qu'il était reparti chez lui, annonça-t-elle en s'apprêtant à refermer la porte, lorsque Bob la bloqua du bout du pied.

– Non, il n'est pas rentré, dit-il. Je voudrais dire un mot au professeur Fesseur.

La servante ouvrit la porte de mauvaise grâce – les domestiques donnaient une petite fête dans l'office – et s'empressa de les conduire jusqu'aux appartements du Philosophe royal.

– Mon Dieu, mon Dieu ! s'exclama le Philosophe royal en leur ouvrant.

– Où est notre Roger ? demanda Jeanne.

– Il s'est sauvé. Incapable de se concentrer. Il a sauté par la fenêtre et il est rentré chez lui.

– Ah, mais non, objecta Bob. Il n'est pas rentré à la maison.

– Et qu'est-ce que vous lui avez fait ? s'inquiéta Jeanne.

– Un certain nombre de tests, qui tous ont prouvé indiscutablement que cet enfant est détraqué : troubles psychotiques de la personnalité, hallucinations paranoïdes avec identification délirante à des personnages célèbres. Retard mental manifeste. Bref, il n'a aucun avenir, à moins qu'il ne parvienne à se montrer utile dans quelque activité manuelle peu compliquée.

– Ça, ce n'est pas votre affaire, rétorqua Bob, à la fois soucieux et exaspéré. Ce n'est pas nous qui vous avons demandé de l'examiner. C'est vous qui l'avez désiré.

Vous êtes venu nous le prendre, vous l'avez perdu, et nous voulons le retrouver. Qu'avez-vous l'intention de faire ?

– Ah, fit en souriant et en hochant la tête le Philosophe royal, qui était très roué. Non, non, non, je crois que vous faites là une erreur élémentaire de nature sémantique. Quand vous dites : « Vous l'avez perdu », cela sous-entend la notion de faute, de blâme, et voilà tout l'appareil de causalité discrédité. Ce genre de langage n'a plus cours. A vrai dire, le sens lui-même est un concept problématique lorsque rien n'est définitif et que tout est affaire d'interprétation en des termes qui eux-mêmes...

– Je ne comprends pas un mot à votre charabia, coupa Bob, mais je vais vous dire une chose : ça me rend malade ! Vous avez perdu notre petit garçon, un point c'est tout. Quand est-il parti ? Vous pouvez répondre à cette question, je suppose ?

– Vers trois heures de l'après-midi, balbutia le Philosophe royal.

Bob tourna les talons, mais Jeanne n'en avait pas terminé avec lui.

– On aurait dû vous donner une bonne fessée du temps où vous croyiez encore en quelque chose, dit-elle. Mais il est trop tard maintenant, autrement je m'en serais chargée personnellement.

Cela dit, elle prit Bob par le bras et ils descendirent en silence l'escalier désert et silencieux, passèrent devant l'office où les domestiques riaient aux éclats, devant les gardes qui jouaient encore au football au clair de lune, et sortirent du palais.

– Où allons-nous à présent ? demanda Bob, tandis qu'ils contemplaient les toits couverts de givre des maisons en contrebas.

– Je n'en sais rien. Mais nous n'allons pas baisser les bras comme ça, hein, Bob ?

– Es-tu bête, ma femme ! Nous allons le retrouver, peu importe le temps qu'il nous faudra. Mais nous avons besoin au moins d'un indice. Si seulement je savais par où commencer !

TOI, TU VEUX LES DÉGOÛTER...

– Ça y est, j'ai trouvé ! « Le fabuleux enfant-rat du professeur Lachignole ! Le phénomène du siècle ! Venez voir le monstre infâmc sc vautrcr dans la fange ! » C'est ça, représentez-le avec l'air le plus cruel possible. Vous avez bien tout noté ? Allez, dépêchez-vous ! dit M. Lachignole en donnant une grande claque dans le dos de l'affichiste. Bon, Martha, où en est ce costume ? Voyons voir cette queue. Oh, là, là, mais elle n'est pas assez impressionnante ! Rajoute-lui un bon mètre et couvre-la de pustules. Et nous pourrions peut-être lui coller aussi quelques pustules sur la figure, penses-y. Ah, et des moustaches !

Assis dans un coin de la roulotte de M. Lachignole, Roger regardait ces gens s'agiter autour de lui tout en mâchonnant tranquillement une ceinture de cuir. Ils le laissaient manger tout ce qu'il voulait.

– Viens ici, Ronny ! Réduis-moi un peu cette cage. Comme ça, nous pourrons faire entrer plus de public, et l'enfant-rat aura l'air d'autant plus inquiétant. Tu vas me fabriquer une espèce de canalisation – un gros tuyau d'égout dans lequel il irait se nicher, tu vois ? Au fait, ils ont des nids, les rats ? Ils ont des nids ? Hé, toi, là-bas ! dit-il en poussant Roger du bout du pied. Les rats ont des nids ?

– Oui, répondit Roger qui trouvait ces questions beaucoup plus simples que celles du philosophe. Et bien douillets, ajouta-t-il.

– Tu l'as entendu ? dit M. Lachignole. Va chercher quelques os bien pourris dans la cage aux lions et fiche-les-moi là-dedans. Bon, maintenant, l'éclairage. Il me faut une lumière d'outre-tombe, que ça fasse peur, quoi ! On doit croire qu'il sort des ténèbres. Une série de lampes tout près des spectateurs, pour qu'il puisse s'approcher d'eux le plus possible et leur montrer les dents en grognant. Mais dites-moi, ajouta-t-il, venant d'avoir une idée. Vous ne croyez pas qu'on devrait lui trouver un nom ?

– J'ai un nom, intervint Roger. Il est tout nouveau, je ne m'en suis presque jamais servi : c'est Roger.

– Non, non. Un nom beaucoup plus exotique, comme... Rorano, l'Enfant-Rat. Qu'est-ce que vous en pensez ?

– C'est complètement idiot, rétorqua Martha, sa femme, occupée à coudre une pustule. S'il a un nom, les gens vont le prendre en sympathie. Et ce n'est pas ce que tu cherches, hein ? Toi, tu veux les dégoûter...

– Tu sais ? répondit M. Lachignole. Eh bien, voilà pourquoi je t'ai épousée. Quelle intelligence, cette femme ! Ce sera donc l'Enfant-Rat tout court !

– Et il faut pas qu'il parle non plus, ajouta-t-elle. Qu'il montre les dents et qu'il grogne un peu, c'est tout. Hé, toi, l'Enfant-Rat, viens m'essayer ça.

N'ayant pas écouté la conversation, Roger ne pouvait

pas savoir de qui elle parlait. Il continua donc à mâchonner sa ceinture comme si de rien n'était.

– Fiche-lui une taloche, Olivier, dit-elle. Ça lui apprendra.

M. Lachignole s'approcha de Roger et lui parla à trois centimètres du visage :

– Écoute-moi bien, ou tu seras le premier à le regretter. Tu ne t'appelles plus Roger, tu m'entends, c'est fini, Roger. Désormais tu es l'Enfant-Rat, compris ? Tâche de t'en souvenir. Maintenant, enfile-moi ce costume.

Roger ne comprit pas grand-chose, mais il fit ce qu'on lui demandait. C'était amusant de se glisser dans un costume de rat et puis de se tortiller par terre comme le lui avait ordonné M. Lachignole.

– Il est un peu trop large, fit remarquer Martha. Je vais le reprendre sur les côtés. Et puis il faut qu'il remue la queue. Allez, l'Enfant-Rat, bouge un peu ton derrière, pour que la queue suive et fouette l'air !

Roger obéit, mais la queue traînait toujours lamentablement par terre.

– Il va falloir qu'il s'entraîne, conclut Martha. Il peut pas se présenter devant les spectateurs dans cet état. Il a l'air beaucoup trop apprivoisé. Il faut qu'on fasse quelque chose.

Le Père Fouettard

LE MARIAGE DE L'ANNÉE!

Son Altesse royale le prince Richard et lady Aurélia se sont mariés hier dans le cadre somptueux de la cathédrale.

La jeune mariée était radieuse dans sa robe de dentelle et de satin.

« Une véritable princesse de conte de fées ! » Tel a été le verdict de la foule qui avait passé toute la nuit dehors, devant l'église, pour assister à la cérémonie.

Des milliers d'admirateurs enthousiastes ont agité de petits drapeaux et acclamé le carrosse du prince et de la princesse sur son passage.

UN BAISER AU BALCON

Devant le palais, la foule a eu de nouveau l'occasion d'acclamer le couple princier lors de son apparition sur le balcon pour saluer ses fidèles sujets.

« On voit qu'ils sont réellement amoureux, a conclu Dorothée Blanquette, notre spécialiste des Altesses royales. Pour notre grand séducteur de prince, cette fois, c'est la bonne. »

La princesse Aurélia a conquis tous les cœurs en se retournant vers le prince pour lui donner un très long baiser.

VOUS ALLEZ VOUS MARIER ?

GAGNEZ...

- Une copie de la robe de mariée royale

- Quinze jours de lune de miel à l'Hôtel Splendifico

- Une authentique restauration royale pour la maison de vos rêves!

Voir page 5.

Un bout de morue pas fraîche

Bob et Jeanne décidèrent qu'étant donné leur récente expérience avec la police, ils feraient tout aussi bien de se passer de ses services. Quant aux autres institutions qu'ils avaient contactées au sujet de Roger, elles ne les avaient guère impressionnés par leur efficacité. Ils traversèrent donc le marché pour rentrer chez eux en proie à une grande perplexité.

– Tu ne crois tout de même pas qu'il s'est enfui pour de bon ? demanda Jeanne. J'ai eu l'impression qu'il se sentait vraiment chez lui à la maison. En fait, j'en suis certaine.

Au même moment, la porte du « Cheval noir » s'ouvrait et leur voisin Charlie, le propret petit marchand de légumes, sortait en titubant légèrement.

– B'soir, Bob. B'soir, Jeanne. Vous savez, le petit garçon… Où est donc passée cette manche ? dit-il en cherchant à enfiler son manteau.

– Oui, eh bien, continue, répliqua Jeanne en l'aidant à glisser le bras dans sa manche. Qu'est-ce qu'il a fait ce petit garçon ?

– Ah, ah ! J'y viens. On a beaucoup parlé de rats au café aujourd'hui. Il y avait une espèce de type plein aux as avec un gros cigare qui nous a posé des tas de questions sur eux. Il paraît qu'il y a un monstre dans le coin, ajouta-t-il en avançant un pied très précautionneusement car il ne savait plus très bien où était le trottoir.

– Raconte pas d'histoires ! intervint Bob. Quel genre de monstre ?

– Mi-enfant, répondit gravement Charlie, mi-rat.

Jeanne serra fort le bras de Bob. Charlie n'arrivait pas à attraper l'extrémité de son écharpe, car elle était restée à l'intérieur de son manteau, dans son dos. Bob la lui sortit.

– Merci, dit-il en s'inclinant vers lui, manquant de tomber par terre.

– Bon et alors, ce petit garçon ? demanda Jeanne.

– Ah oui, reprit Charlie qui faillit se mettre le doigt dans l'œil en essayant de se gratter le nez. J'y viens. L'homme, donc, Lachi..., Lachu..., bon, bref, il cherchait ce monstre de rat parce qu'il le voulait pour son spectacle, c'est Éric qui me l'a dit. Éric, il a déjà vu cet homme, dans une fête foraine ; il présentait une sirène dans un bassin. Et Éric, eh ben, il a payé son entrée pour voir la sirène, et vous savez ce qu'il a dit ? Il a dit – oh, mon Dieu, écoutez un peu ça – eh ben, il a dit que le haut était du tonnerre, mais que le bas c'était rien qu'un bout de morue pas fraîche ! Qu'est-ce que vous dites de ça, hein ?

Le petit marchand de légumes était plié en deux et s'étouffait presque de rire.

– A propos de sa queue..., pouffa l'homme. Un bout de morue pas fraîche !

– Très drôle, commenta Bob, oui, c'est excellent. Redis-moi un peu comment il s'appelait, cet homme ?

– Et le petit garçon, alors ? insista Jeanne en tapant du pied. Je te jure, Charlie Hérisson, que tu vas me rendre folle. Parle-moi du petit garçon !

– Je l'ai vu, répondit Charlie, et j'ai dit à l'homme où il était.

– Comment ? Mais où ? Quand ?

– Cet après-midi. Au fond de l'impasse. Comment qu'il s'appelle déjà l'autre, Lachignoble, j'arrive pas à me souvenir, bon il le cherchait et je lui ai montré où le trouver. Oh, je suis malade, oh, ça va pas du tout...

– Eh bien, voilà au moins une consolation, rétorqua Jeanne. Et ça ira encore plus mal demain matin.

– Oh, là, là... oh, mon Dieu... Écoute-moi, bredouilla Charlie en s'accrochant à la manche de Bob. Je vais retrouver son nom dans une seconde. Lach... Tach... non, je m'en souviens plus. Bonne nuit.

– Bon, nous savons au moins par où commencer, dit Bob à Jeanne une fois qu'ils eurent aidé Charlie à rentrer chez lui et se furent assurés qu'il ne ressortirait pas.

Le phénomène du siècle

Deux jours plus tard et quelques dizaines de kilomètres plus loin avait lieu la foire de la Saint-Mathieu. C'était toujours la même fête foraine qui se déplaçait de ville en ville, mais dans cette ville-là elle se produisait le jour de la Saint-Mathieu, donc on l'appelait la foire de la Saint-Mathieu ; dans une autre ville elle avait lieu le jour de la Saint-Michel, on l'appelait donc la foire de la Saint-Michel ; et dans cette autre le 1er mai : c'était la foire du 1er mai. Les propriétaires des baraques foraines et des manèges, le responsable du train fantôme, ainsi que le propriétaire du « Mur de la Mort » savaient tous quel jour de l'année on était en fonction des villes qui accueillaient la fête foraine.

Ils arrivèrent tard le soir et, à la lumière des nombreuses lampes et lanternes, ils dressèrent leurs baraques, montèrent leurs manèges et toutes leurs attractions dans le marché aux bestiaux, au pied du vieux château.

M. Lachignole mettait la dernière touche à son décor lorsque le soleil se levait au-dessus de la croix de la place du marché.

– Non, dit-il, il faudrait qu'on ajoute encore un peu d'ordures et de cochonneries. Ça a l'air trop propre là-dedans. Ajoutons-y de la boue et quelques légumes pourris. Et puis ce serait bien d'avoir aussi de la crotte, mais pour le public, il y a une limite à ne pas dépasser, c'est ça qui est dommage. Un bon spectacle doit aller un peu au-delà de ce que le public est en mesure d'accepter, mais pas trop loin non plus, et à mon avis, la limite, c'est la crotte.

– C'est aussi mon avis, répliqua sa femme. Mais si on les faisait payer un petit supplément pour qu'ils le nourrissent ? Ils pourraient lui donner à manger toutes les heures, par exemple, et on leur ferait un prix. Et ce qu'il y a de génial, poursuivit-elle, c'est que nous n'aurons plus besoin de le nourrir. Les gens lui apporteront eux-mêmes à manger !

– Génial ! répéta-t-il en regardant sa femme amoureusement.

– Barbouille-nous une affiche, dit-elle. Et qu'elle soit attrayante, hein, avec les mots qu'il faut, hein, comme tu sais le faire !

En moins d'une heure, tout était prêt.

LE PHÉNOMÈNE DU SIÈCLE !

Le professeur Lachignole présente le seul et unique enfant-rat vivant sur notre planète. Cet être abominable, mi-homme, mi-rongeur, découvert dans la puanteur des égouts et les immondices, fera la démonstration de son répugnant appétit en mangeant absolument tout ce que le public lui apportera.

Heures des repas : toutes les heures

ATTENTION DANGER :

L'Enfant-Rat n'a rien perdu de ses instincts sauvages et cruels.

NE VOUS APPROCHEZ PAS DE LUI !

PHÉNOMÉNAL ! EXTRAORDINAIRE ! TERRIFIANT !

– Formidable ! décréta Mme Lachignole.

Les premiers visiteurs ne tardèrent pas à arriver. Sept personnes, des adultes et des enfants, se pressèrent dans la petite cabine qui surplombait la roulotte-cage aux parois de bois vermoulu. Le sol était jonché de paille souillée, de trognons de chou et de restes de légumes pourris trop décomposés pour être identifiés.

– Beurk ! fit une petite fille.

– Regardez ! s'écria un garçon en montrant quelque chose du doigt. Il sort. Bah !

En effet, quelque chose bougea au fond du trou, et une main apparut, puis des bras maigrelets, enfin une tête...

– Pouah ! Berk ! Bah !

Roger avait été parfaitement bien grimé, le visage constellé de croûtes hideuses et de pustules répugnantes, plus deux atroces furoncles pour parachever le tableau ; son costume de rat avait été repris à la taille, de sorte qu'il lui collait au corps. L'enfant-rat apparut entièrement à la vue des spectateurs en se déplaçant à quatre pattes tout en agitant la queue ainsi qu'il avait appris à le faire.

Des cris d'horreur et de dégoût l'accueillirent. Il était absolument ravi. Il sourit de bonheur, retroussant ses lèvres sous lesquelles apparurent d'affreux chicots noircis par M. Lachignole.

– Hé, l'Enfant-Rat ! Tiens, attrape ça ! cria quelqu'un en lui lançant une pomme de terre pourrie.

Roger n'avait rien mangé ce jour-là. Les Lachignole avaient fait exprès de l'affamer, et bien qu'il ait rongé un petit bout de bois et avalé un peu de paille, il avait très faim ; il se jeta donc aussitôt sur la pomme de terre et, se rappelant ce que Bob et Jeanne lui avaient appris, dit « merci ».

Le public était fasciné. Les gens s'approchèrent pour mieux voir.

– Mais c'est un garçon, dit soudain quelqu'un.

– Il est déguisé ! dit quelqu'un d'autre.

– Ce n'est pas un rat, ni un monstre ! ajouta un troisième.

A la suite de quoi tout le monde se mit à vociférer, de dépit et de colère, et exigea d'être remboursé.

M. Lachignole, qui employait tout son talent à rameuter les foules pour la séance suivante, arriva en hâte.

– Chut, chut... voyons... oui, très bien... je vais vous rembourser... mais taisez-vous, mesdames et messieurs, et sortez par-derrière, Mme Lachignole va vous rendre votre argent... chut !

Il poussa les spectateurs mécontents vers la sortie, puis retourna voir Roger occupé à mastiquer sa pomme de terre pourrie.

M. Lachignole se pencha en avant et le frappa si violemment que sa pomme de terre lui échappa des mains, tandis qu'il s'affalait.

– Qu'est-ce qui t'a pris, hein ? Ça va pas, non ? Tu vas la fermer, ta boîte à camembert, espèce d'idiot ! Tu as déjà entendu un rat dire « merci » ?

Roger, encore sous le choc, ne voyait pas ce que voulait dire M. Lachignole avec son histoire de boîte à camembert. Il croyait toutefois se souvenir que les camemberts étaient des fromages assez savoureux, mais il ne voyait pas le rapport. En tout cas, il y avait une chose dont il était sûr.

– Je ne suis plus un rat, affirma-t-il en essayant de se redresser. Je suis un petit garçon maintenant. Et le vieux Bob m'a dit que les petits garçons polis disaient toujours « merci », donc...

– La peste soit de ton vieux Bob et de tes « merci » ! Tu vas faire exactement ce que je te dis, sale petit ingrat ! Après tout ce que j'ai fait pour toi – je t'ai sorti du caniveau, je t'ai offert un foyer et un travail, et toi, tu viens tout gâcher avec tes « merci » à la mords-moi le nez ! Tu n'as pas à les remercier ! Tu dois montrer les dents, grogner, leur faire peur, quoi ! Tu es un enfant-rat, tu m'entends, pas un enfant de chœur !

– Ah, répondit Roger qui commençait à avoir terriblement mal à la tête, si j'avais su c'est ce que j'aurais fait. Mais lorsque j'ai été changé en garçon, j'ai appris qu'il fallait être poli, alors j'ai été poli. Quand j'étais un rat, je n'avais jamais entendu parler de ça. Donc maintenant, je vais devoir être un bon petit enfant-rat bien poli, mais ça va être très difficile.

– Tais-toi donc, sale mioche, et cesse de jouer les petits saints ! Mords, grogne et fais-leur peur, un point c'est tout, autrement gare à ton vilain museau ! Bon, le deuxième groupe de spectateurs va entrer, alors je veux qu'ils soient dégoûtés et terrorisés, compris ?

Après quoi il sortit, non sans avoir encore donné un coup de pied à Roger au passage. Le petit garçon eut une étrange sensation au niveau de la gorge, presque comme un hoquet, qui aurait pu se transformer en un sanglot s'il n'avait craint de déplaire à M. Lachignole. Mais comme il voulait se montrer un bon petit enfant-rat, il ramassa le plus gros des morceaux de pomme de terre et disparut au fond de son tuyau pour attendre les nouveaux spectateurs.

Toute la journée, et toute la soirée, il montra les dents, grogna, menaça, tandis que les gens lui lançaient des quignons de pain moisi, des têtes de poulet, des bouts de lard rance, des peaux de banane, des épluchures de pommes de terre, du poisson pourri, en poussant des cris d'horreur chaque fois qu'il les mettait dans sa bouche et les avalait.

La saison des oies

Après la foire de la Saint-Mathieu, les forains allèrent s'installer dans une autre petite ville, à une cinquantaine de kilomètres, pour la fête de l'Oie. A cette époque de l'année, on engraissait les oies pour Noël, et comme on était en automne, les nuits étaient de plus en plus longues.

M. Lachignole s'apprêtait à faire d'excellentes affaires, parce que les gens, afin d'échapper au froid, entraient plus volontiers dans sa baraque foraine pour y découvrir ses curiosités que lors des longues et douces soirées d'été, où les attractions en plein air et les manèges attiraient le plus de monde. Il fit exécuter une nouvelle affiche publicitaire où l'enfant-rat était représenté avec une expression cruelle, les babines retroussées sur des crocs dégouttant de venin verdâtre. Il fit même imprimer de petits prospectus qu'il faisait distribuer à l'avance dans les cafés.

Quant à Roger, il apprit assez vite à se comporter en enfant-rat, dès qu'il eut compris ce qu'on attendait de lui ; et comme il pouvait manger n'importe quoi, les têtes de poisson et les carottes pourries descendaient plutôt facilement ; mais comme rien de tout cela n'était bon, il commença à perdre l'appétit et la joie de vivre. Cela ne l'amusait plus du tout de remuer la queue, et son costume de rat flottait autour de lui.

Mme Lachignole pesta et dut le reprendre d'un bon centimètre sur toutes les coutures.

– Il ne mange plus ses restes, se plaignit-elle à son mari un soir dans leur roulotte.

La lampe diffusait une lueur dorée, le poêle ronronnait, la bouilloire sifflait. Dehors, la pluie frappait les carreaux et le vent d'automne mugissait.

– Mmm, fit M. Lachignole en approchant une allumette de son cigare avant de tirer dessus avec volupté. Tu crois qu'on devrait le nourrir un peu mieux ? demanda-t-il lorsque son cigare fut bien allumé. Un peu de soupe le soir ?

– Ne dis pas de bêtises. Tu sais bien qu'on a beaucoup plus de monde à l'heure des repas. S'il est plein de soupe, il ne vaudra plus le détour. Non, je crois que tu devrais le battre.

– Bon, fit M. Lachignole sans enthousiasme. C'est possible. Le problème, poursuivit-il en fixant le bout incandescent de son cigare, c'est qu'il ne m'a pas l'air tout à fait normal. Je ne crois pas qu'il comprenne quoi que ce soit.

– Tu es beaucoup trop gentil, dit-elle en coupant un fil avec les dents. Tu es en train de t'attacher à lui, mais c'est ton problème. Comme avec cette fichue sirène. Tu t'étais trop intéressé à elle, beaucoup trop...

– C'est bon, c'est bon, répondit précipitamment M. Lachignole. Je vais suivre tes conseils, ma chérie. Je suis sûr qu'il va se calmer.

Roger était tout à fait calme. Il dormait au fond de son

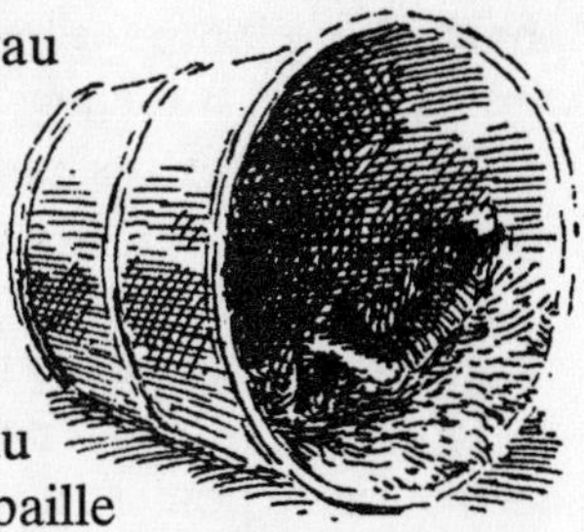

trou, roulé en boule dans le tuyau glacial et traversé de courants d'air, et comme Mme Lachignole lui avait pris son costume de rat pour le rétrécir, il n'avait plus sur le dos que sa vieille livrée de petit page pour se protéger du froid. Mais il amoncela toute la paille qu'il trouva pour empêcher un peu le vent d'entrer, rongea une vieille brindille que quelqu'un lui avait jetée, et répéta tout bas les mots qu'il disait tous les soirs avant de s'endormir : « Bob et Jeanne, pain et lait, chemise de nuit, petit coin, patience. »

Et il ne tarda pas à sombrer dans le sommeil.

Il ne dormait pas depuis très longtemps lorsqu'il fut réveillé en sursaut par un coup frappé contre la roulotte, vers l'extrémité du tuyau. Il se retourna et alla coller l'oreille contre la paroi. « Toc, toc, toc », un silence, et de nouveau : « Toc, toc, toc ».

Puis il entendit qu'on chuchotait près de l'une des fentes entre les planches.

– Psst ! Hé, l'Enfant-Rat !

Roger se frotta les yeux ; il était tout à fait réveillé.

– Oui ?

– Écoute, fit la voix. Je vais t'aider à sortir d'ici. Dans un instant je vais essayer de dégager cette planche et tu te faufileras par là.

– Ah, dit Roger. M. Lachignole est au courant ?

– Non, et il vaut mieux qu'il ne le soit pas. Bouge pas, l'Enfant-Rat. Ça y est, voilà…

Il y eut un craquement et soudain un vent glacial s'engouffra par le trou de la planche en partie arrachée. Stupéfait, Roger jeta un œil au-dehors et aperçut dans le halo d'une lampe-tempête un petit garçon à peine plus grand que lui, aux cheveux très blonds qui lui tombaient sur le front. Roger ressentit aussitôt pour lui une violente admiration.

– Allez, viens, dit l'enfant. Faufile-toi par ce trou. Je suis sûr que tu peux le faire.

Roger, qui pouvait naturellement se glisser dans un trou de souris, le pouvait d'autant plus qu'il avait énormément maigri. Il n'eut aucun mal à se faufiler dans la brèche, tomba dans la boue et se releva aussitôt.

– Viens vite, courons ! Il ne faut pas rester ici.

– J'arrive ! dit Roger qui le suivit.

Ils coururent entre les baraques foraines, puis le garçon se retourna et se tapit dans l'ombre du train fantôme afin de s'assurer que la voie était libre.

– Tu vas nous aider à nous enfuir tous ? demanda Roger.

– Qui ça, tous ? interrogea le garçon. Je croyais que tu étais le seul phénomène de la foire.

– Il y a eux, répondit Roger en désignant les fantômes et les squelettes peints sur le train fantôme. Ils sont tous retenus prisonniers ici, comme moi. Nous pourrions les libérer aussi…

– Tu es un malin, toi, répliqua le garçon en regardant prudemment à droite et à gauche. C'est bon, on peut y aller !

Et il repartit en courant. Roger le suivit, risquant un

coup d'œil discret aux pauvres fantômes qu'il abandonnait derrière lui. Dès qu'ils eurent gagné l'obscurité des ruelles au pied du château, le garçon s'arrêta.

– Bon, dit-il. Je m'appelle Billy, compris ?

– Oui, oui, j'ai compris. Billy, c'est ton nom.

– D'accord. Tu sais, l'Enfant-Rat, je suis venu te voir trois fois aujourd'hui dans ton trou, et j'ai vu comment tu te faufilais n'importe où. Tu ne m'as sûrement pas vu, toi, mais j'étais là. Et moi, je cherche quelqu'un comme toi, un excellent passe-partout, et j'ai admiré ton style. J'ai un boulot pour toi, l'Enfant-Rat. Seulement il va falloir que tu fasses exactement ce que je te dirai. Du moment que je t'ai sauvé, c'est comme si tu m'appartenais maintenant ; tu es obligé de faire tout ce que je te dirai.

– Oui, fit Roger en hochant la tête. Je m'en souviendrai.

– T'as intérêt. Parce que t'es rien du tout, toi, un moins que rien.

– Un moins que rien, répéta fièrement Roger.

– C'est ça. Maintenant, écoute-moi bien, je vais te dire quelque chose qu'on ne t'a jamais dit. Tu m'écoutes ?

– Oui, oui, répondit Roger, impatient de savoir.

– Regarde là-bas, dit Billy en montrant le fond de la ruelle.

A travers le portail rouillé, surmonté de piques à moitié cassées, on distinguait la lueur qu'un réverbère à gaz répandait sur des tombes couvertes de mousse et des pierres tombales brisées.

– Tu vois ça, là-bas ? demanda le garçon.

– Oui, c'est joli. Je parie qu'il y a…

– Tais-toi. C'est pas joli, non. C'est même horrible. Et ça fiche la chair de poule, voilà ! C'est là qu'on enterre les morts. Parce que les vrais gens, comme moi, ils meurent de mort naturelle. Mais les rats, comme toi…

– Mais je ne suis plus un rat, fit Roger. Je suis un vrai petit garçon.

– Rat un jour, rat toujours, déclara Billy qui prononça cette phrase avec un tel sérieux que Roger en fut grandement impressionné.

Ces mots restèrent gravés à jamais dans sa mémoire et il se les répéta une fois pour s'assurer qu'il ne faisait pas d'erreur.

– C'est ça, approuva Billy en hochant la tête. Mais tu m'as interrompu, et je n'aime pas ça. Ne recommence pas. J'allais dire que les rats comme toi ne meurent jamais de mort naturelle.

– Ah bon ?

– Non, jamais. On est obligé de vous sterminer. Quand les gens ont des rats chez eux, ils font venir le Sterminateur. Et s'ils ont le moindre soupçon que tu es un rat à l'intérieur, prends garde : le Sterminateur n'est pas loin !

Cela avait l'air affreux. Pétrifié, Roger repensa au brigadier du commissariat : lui aussi avait fait allusion au Sterminateur. Tremblant de tous ses membres, il réussit néanmoins à demander :

– Et à quoi ça ressemble ?

– C'est pas une chose, c'est un homme. Personne ne l'a jamais vu. Il arrive avec tous ses appareils et…

Le simple mot d'appareils suffit à emplir Roger d'une terreur sans nom. D'épouvantables images d'un homme sans visage, armé d'un outil bizarroïde, se présentèrent à son esprit, et il eut le plus grand mal à les en chasser.

– Non, ne me dis rien ! supplia-t-il.

– Si, si, il le faut, Roger, répondit Billy avec douceur. Je n'ai pas le droit de ne pas te parler du Sterminateur. Ce qu'il fait avec ses appareils, reprit-il tandis que Roger gémissait et frissonnait, personne ne le sait, car après son passage, il n'y a plus un seul rat pour le dire. On les retrouve les moustaches pleines de sang et le museau grimaçant d'effroi.

– Je n'ai pas de moustaches, moi, fit remarquer Roger avec un léger soulagement.

– Aucune importance. Le Sterminateur sait parfaitement quand quelqu'un est un rat à l'intérieur, même si à l'extérieur il a tout à fait l'air d'un petit garçon.

– Alors c'est qu'il y a eu d'autres rats changés en petits garçons ?

– Oui. C'est assez rare, mais c'est déjà arrivé. Le Sterminateur est particulièrement impitoyable dans ces cas-là : c'est eux qu'il tient à sterminer en premier.

– Comme moi, murmura Roger en serrant très fort ses bras autour de son corps.

– Oui, comme toi. Heureusement que tu m'as rencontré pour que je te protège, hein ? Fais ce que je te dis et je m'arrangerai pour que le Sterminateur ne te trouve pas. Mais si tu me désobéis, je serai tellement fâché que j'oublierai à tous les coups. Et le Sterminateur t'attrapera dès que j'aurai le dos tourné tellement il est rapide.

– Oh, non, non, n'oublie pas, supplia Roger.

– Alors ne me fâche pas, et je n'oublierai pas. Maintenant tu vas venir avec moi et on va essayer de trouver quelque chose de bon à manger. Tu as faim ?

Roger tremblait tellement qu'il claquait des dents et que ses genoux s'entrechoquaient. Il serra les mâchoires et hocha la tête, puis saisit ses genoux à deux mains pour que leur bruit ne risque pas d'attirer le Sterminateur. Il avait une drôle d'impression de flottement.

– Allez, suis-moi.

Billy conduisit Roger dans une autre ruelle, puis dans

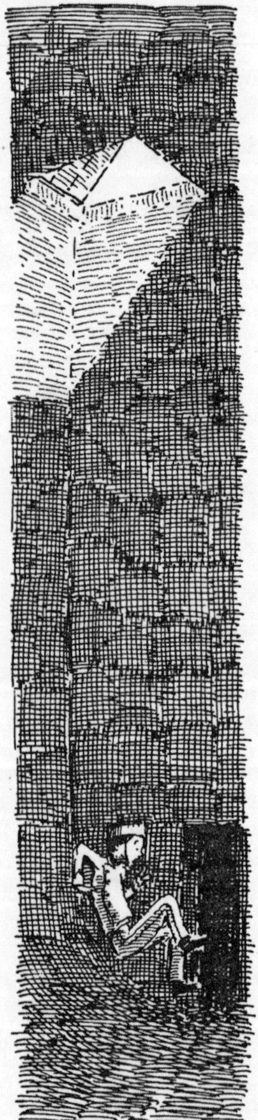

une cour éclairée par le seul reflet des pavés luisants de pluie, après quoi il souleva la trappe d'une glissière à charbon. Une faible lumière leur parvint, accompagnée d'une odeur de friture.

– Descends le premier ! dit Billy en poussant brutalement Roger.

Avant d'avoir eu le temps de comprendre ce qui lui arrivait, Roger se retrouva sur le sol poussiéreux d'une cave, au centre d'un cercle d'yeux brillants qui le fixaient.

Une main le saisit par le col et le souleva de terre une seconde avant que Billy n'atterrisse derrière lui. Roger découvrit une demi-douzaine de garçons, tous plus grands que lui, sales et dépenaillés. La lueur qui faisait briller leurs yeux venait d'une lampe à pétrole et du rougeoiement d'un poêle chauffé au rouge, sur lequel un des enfants faisait frire des pommes de terre.

– Voilà l'Enfant-Rat, annonça Billy en s'époussetant. Vous vous souvenez…

– Oui, oui, dit un enfant.

– Oh, c'est lui ? dit un autre.

– Alors, le voilà, dit un troisième.

Roger comprit que les enfants étaient contents de le voir et il fit ce qu'il avait vu faire : il tendit la main.

– Comment allez-vous ? demanda-t-il au premier enfant, tandis que tous les autres lui tendaient la main chacun leur tour en pouffant de rire.

Ils lui manifestèrent tellement de sympathie, lui tâtant les bras, faisant mine de vouloir voir sa queue, lui ébouriffant les cheveux, qu'il lui sembla n'avoir jamais été aussi heureux de sa vie ; après quoi ils lui donnèrent une tranche de pomme de terre brûlante et éclatèrent de rire en le voyant se brûler la langue et laisser tomber le morceau par terre, et leur joie le toucha au point qu'il en eut les larmes aux yeux et il rit encore plus fort qu'eux.

Alors, où est-il ?

– Quelle horreur ! s'exclama Jeanne. Nous avons réussi à le retrouver, mais regarde-moi ça !

C'était un petit matin gris et froid. Déambulant sur le champ de foire sous la pluie battante, Jeanne tenait Bob par le bras, quand ils découvrirent l'affiche où l'on voyait l'Enfant-Rat et ses crocs dégouttant de venin.

– Attends voir, dit Bob. Qu'est-ce que c'est que ça ?

Jeanne s'approcha pour lire l'affichette punaisée sur la porte de la roulotte :

« Des événements indépendants de notre volonté nous obligent à annuler jusqu'à nouvel ordre toute apparition publique du célèbre Enfant-Rat. Nous rouvrirons incessamment sous peu avec de nouveaux phénomènes extraordinaires à vous présenter. O. Lachignole, propriétaire. »

– J'espère que Roger n'est pas tombé malade, dit-elle. Frappe à la porte, Bob, qu'on voie un peu ce M. Lachignole.

Bob frappa et, un instant plus tard, M. Lachignole, la mine défaite, apparut.

– Vous savez lire ? Le spectacle est annulé.

– Où est-il ? s'enquit Bob.

– Ça ne vous regarde pas, répliqua M. Lachignole qui aurait claqué la porte si Bob n'avait coincé son pied dedans. Allez-vous-en, vous dis-je !

– Vous feriez mieux de nous écouter, répondit Bob, ou c'est à la police que nous irons.

– Fais-les entrer, fit une voix à l'intérieur de la roulotte, une voix qui évoquait à Jeanne une confiture de citrons sans sucre.

M. Lachignole ouvrit la porte, laissant le passage à Bob et à Jeanne.

– Eh bien ? dit-il.

– Nous voulons savoir ce que vous avez fait de notre Roger, demanda carrément Bob.

– Comment savez-vous que c'est le vôtre ? rétorqua du tac au tac Mme Lachignole.

– Nous avons un témoin, affirma Bob. Nous savons que vous nous l'avez pris. Vous ne pouvez pas le nier. Alors, où est-il ?

– Un instant, intervint Mme Lachignole. Pourquoi tenez-vous à retrouver l'enfant-rat ? Si vous prétendez être ses propriétaires, donnez-nous des preuves.

– Mais nous ne sommes pas ses propriétaires, voyons ! répondit Jeanne avec véhémence. Que croyez-vous qu'il soit ? Un esclave, un chien, un objet ?

– Vous n'êtes pas ses propriétaires..., répéta Mme Lachignole. Alors je ne vois pas en quoi ça vous regarde. Fiche-les dehors, Olivier.

– Ah, mais non ! s'écria Bob que rien ne pouvait ébranler s'il avait décidé de ne pas bouger. Vous allez m'écouter sans m'interrompre. Ce petit garçon est venu à nous, et nous l'avons recueilli. Il ne sait pas grand-chose, mais c'est un bon petit garçon, qui fait de gros efforts pour apprendre. Et puis il s'est perdu, et nous n'avons plus eu de ses nouvelles jusqu'à ce qu'on entende parler de vous et de vos questions sur les enfants-rats. Peut-être qu'à vos yeux c'est un enfant-rat – et une jolie source de revenus, je n'en doute pas, mais ce n'est pas sa vie, ça, elle est chez nous, sa vie, dans notre foyer, là où on s'occupera convenablement de lui. Alors, où est-il ?

– C'est un monstre, rétorqua M. Lachignole. Mi-homme, mi-bête. Il a besoin d'un métier, et avec moi il avait une carrière toute tracée. Il aurait pu être le phénomène le plus extraordinaire de tous les temps. Il aurait pu être célèbre, il aurait pu…

– Qu'est-ce que vous voulez dire par « monstre » ? demanda Jeanne.

– Ce que je dis. On ne peut pas parler véritablement d'un être humain, il n'aurait jamais été capable de manger toutes ces cochonneries autrement. C'était un…

– Ces cochonneries ? Quelles cochonneries ? Qu'est-ce que c'est que cette histoire ? s'énerva Jeanne.

Voyant que sa femme commençait à perdre son sang-froid, Bob lui posa la main sur le bras.

– Qu'importe les détails. Allons à l'essentiel, et l'essentiel, c'est de savoir où il est. Où est-il ?

– Il est parti.

– Quand ça ?

– Cette nuit. Il s'est échappé de sa roulotte. Une très jolie petite roulotte, tout confort, répondit amèrement M. Lachignole. Il a démoli une planche. Et ça va me coûter de l'argent. Si vous en êtes responsable, je crois bien que ça va être à vous de me dédommager…

– Vous avez enfermé notre petit garçon et vous nous envoyez la note quand il se sauve ? dit Bob. N'importe quoi ! Allons voir un peu cette roulotte.

Jeanne se sentit toute chose : Bob venait de dire « notre petit garçon ». C'était bien la première fois, et elle-même n'y avait jamais songé, mais à présent elle avait véritablement le sentiment d'être liée à Roger par le même genre de lien qui la liait à Bob, et elle se répéta plusieurs fois ces trois mots : « notre petit garçon ».

M. Lachignole ne tenait pas particulièrement à leur montrer la roulotte, car il se doutait bien qu'ils ne la trouveraient pas aussi confortable qu'il l'avait prétendu, mais on ne pouvait pas discuter avec Bob.

Alors il prit son trousseau de clés d'un air revêche, et ils allèrent tous ensemble ouvrir la voiture-cage de l'enfant-rat, sans oublier Mme Lachignole qui les suivit pour ajouter son grain de sel.

Jeanne se boucha aussitôt le nez.

– Vous ne l'avez pas enfermé là-dedans ! s'écria-t-elle.

– Il n'était pas très difficile, vous savez, répondit Mme Lachignole.

– Il n'avait aucune raison de l'être ! répondit Jeanne. Mais qu'est-ce que c'est que ça ? C'est ce que vous lui donniez à manger ?

– Non, non, mentit M. Lachignole en cachant du bout du pied un quignon de pain moisi sous la paille. Nous lui préparions d'excellents petits plats, très nourrissants, de la soupe, du ragoût. Ça, c'était juste pour le numéro, des accessoires, comme on dit chez nous. Des accessoires...

– Des restes, oui, rétorqua Jeanne.

Bob examinait la planche cassée.

– Ce n'est pas lui qui a fait ça, déclara-t-il à M. Lachignole. Vous n'êtes pas un travailleur manuel, autrement vous vous en seriez aperçu tout de suite. Venez, je vais vous montrer.

Ils descendirent de la roulotte et en firent le tour. Bob se pencha et montra à M. Lachignole des traces sur la planche située sous le trou.

– Vous voyez ? On a fait ça avec un pied-de-biche. Il ne s'est pas libéré tout seul. C'est de l'extérieur qu'on l'a aidé à s'enfuir.

Bob se redressa et fit face à M. Lachignole. Brusquement, il lui martela la poitrine du bout de l'index, l'obligeant à reculer.

– Oh... Ah..., bredouilla-t-il. Ne me frappez pas...

– C'est vous le responsable, dit Bob en martelant aussi ses mots, comme s'il les lui enfonçait dans le crâne à coups de masse.

– Non, non, c'est pas vrai, c'est pas vrai ! balbutia M. Lachignole. Nous nous sommes très bien occupés de lui !

– Alors, où est-il ?

UN PETIT MALIN

Les enfants de la cave passèrent la majeure partie de la journée à dormir, et Roger en fit autant. Lorsqu'il se réveilla, Billy était en train de le secouer et lui tendait des vêtements neufs.

– Tiens, lui dit-il, je t'ai trouvé des fringues.

– Tu les as achetées ? demanda Roger stupéfait d'une telle générosité.

– Tu es un petit malin, toi, y a pas à dire. Non, je les ai réquisitionnées. Allez, enlève-moi ces vieilles frusques et enfile-moi ça.

Lorsque Roger eut revêtu la chemise et la veste neuves, il n'avait plus rien à voir avec le petit page tout déguenillé qu'il était quelques heures plus tôt. Il avait bien l'air d'un petit malin, assez original dans son genre.

– Bon, déclara Billy, il faut que tu commences à gagner ta vie. Moi et mes associés, nous avions un passe-partout hors pair dans la bande, capable de passer vraiment partout, seulement il a trop grossi. Et il y a quelque temps, il n'a plus pu ressortir et il est resté coincé. Naturellement, on n'a rien pu faire pour lui, c'était impossible. Nous avons dû l'abandonner en cours de route.

– Il s'est fait prendre par le Sterminateur ?

– Je n'en sais rien. Peut-être bien que oui, peut-être bien que non. Mais il n'était pas aussi bon que toi. Tu ne peux pas te faire coincer, toi.

– Oh, non, alors ! répondit Roger avec enthousiasme.

– C'est comme ça que je t'ai remarqué à la fête foraine. Et quand j'ai vu la façon dont tu es sorti de la roulotte hier soir, j'ai été sûr de mon choix.

Roger n'était pas peu fier.

– Est-ce que je commence aujourd'hui ?

– Ce soir, répondit Billy. Nous sommes plutôt du soir, comme toi, l'Enfant-Rat. Nous sortons la nuit.

– Oui, comme moi.

Les fameux associés émergèrent les uns après les autres du sommeil. Après avoir admiré les habits neufs de Roger, ils mirent à cuire des œufs et des tranches de bacon sur le poêle et offrirent même à Roger un morceau de fromage deux fois gros comme son poing, ce qui le tint occupé un bon bout de temps.

Une fois qu'ils furent restaurés, à la tombée de la nuit, Billy prit la parole.

– C'est bon, les gars. Mettez-vous en rang.

Ses compagnons se mirent en rang face à lui, et Billy les passa à l'inspection. Il vérifia leurs chaussures (pour s'assurer que leurs semelles étaient parfaitement silencieuses ou qu'ils ne risquaient pas de se prendre les pieds dans un lacet défait), leurs vêtements (les vêtements clairs risquaient de les faire repérer) et leur sac. Chacun portait un sac et ils durent l'un après l'autre montrer à Billy qu'il n'y avait pas de trou dedans.

– Inspection satisfaisante, déclara Billy. C'est bien, les

gars. Vous savez que nous avons recruté un nouveau passe-partout et avec lui nous n'aurons sûrement pas le même problème que l'autre fois. Et dès qu'on a fini, rendez-vous ici par des chemins différents. Récitez-moi vos trajets, pour voir si vous vous rappelez. Dodo, à toi de commencer.

– Je traverse le jardin, je saute la barrière, à droite le long du canal, je franchis le pont, je contourne le château, je traverse le marché et j'arrive ici.

– Très bien, dit Billy.

Chacun récita le trajet qu'il devait emprunter : ils étaient tous différents.

– Ça, tu vois, dit-il à Roger, c'est la force de l'organisation. Quant à toi, tu ne me lâches pas et tout ira bien.

Normalement, expliqua Billy, ils quittaient la cave en grimpant à une corde qui pendait le long de la glissière à charbon, mais il voulait voir une dernière fois comment Roger s'y prenait pour se faufiler dans les trous. Il lui montra un minuscule soupirail, tout en haut du mur.

– On va voir combien de temps tu mets pour sortir de là. Et rappelle-toi, tu ne dois pas faire plus de bruit qu'un ver de terre !

– Je peux le faire ! annonça fièrement Roger.

En moins de trente secondes, il était à l'air libre et attendait les autres qui grimpaient à la corde.

Les garçons se retrouvèrent dans la ruelle silencieuse. Après les avoir encouragés d'une petite tape dans le dos, Billy les expédia à trente secondes d'intervalle. Il faisait si noir que Roger lui-même, en dépit de ses bons yeux, ne put voir dans quelle direction ils partaient.

ÇA DÉMÉNAGE !

Une demi-heure plus tard, ils étaient tapis derrière des buissons en bordure d'un grand jardin bien entretenu, et surveillaient une imposante bâtisse aux volets fermés.

– Voilà le problème, Roger, chuchota Billy. Nous devons absolument entrer là-dedans, mais il n'y a qu'un seul moyen : la brique d'aération amovible au-dessus de la porte de l'arrière-cuisine. Je parie que tu peux t'y introduire en moins de deux.

– Oui, je parie aussi, dit Roger.

– Une fois que tu seras à l'intérieur, expliqua Billy, il faudra que tu trouves la clé. Les gens sont assez négligents, et les domestiques encore plus. Comme ils n'aiment pas leurs maîtres ni leurs maîtresses, ils ne vont pas se casser la tête pour eux. Alors cherche bien, et je te parie encore que tu trouveras une clé pendue à un clou quelque part. Prends cette clé et viens nous ouvrir la porte de la cuisine.

– Je peux le faire ! s'exclama Roger. Et après, qu'est-ce qui se passe, on va habiter là ?

– Non, répondit Billy. Les propriétaires nous ont demandé de leur faire un petit déménagement.

Cette phrase plut énormément à Roger qui se la répéta plusieurs fois de suite.

Lorsque tout le monde fut prêt, Billy donna ses dernières instructions.

– Maintenant, regarde bien le mur, en haut à gauche de la petite fenêtre. Il y a une brique percée de trous, c'est une brique d'aération. Tu vas prendre mon pied-de-biche, tiens, et grimper sur l'appui de la fenêtre. Et puis tu vas l'introduire sous la brique pour la dégager. Après tu te glisseras dans le trou et tu chercheras la clé.

Tout excité qu'on lui fasse confiance au point de lui donner des instructions aussi compliquées, Roger prit le pied-de-biche que lui tendait Billy. Quelques instants plus tard, il grattait le ciment qui scellait la brique et la retirait. Il la passa à Billy puis s'introduisit dans le trou.

Heureusement qu'il était un passe-partout hors pair, et heureusement aussi qu'il avait un peu maigri en faisant l'Enfant-Rat, car il faillit bien rester coincé en maints endroits. Mais il était quand même très mince et le fait d'avoir été rat dans une autre vie lui servit énormément. Il lui fallut quatre bonnes minutes pour passer de la tête aux pieds par l'orifice, mais il y parvint et se laissa tomber sur le sol de l'arrière-cuisine.

– Ça y est ! cria-t-il. J'ai réussi !

– Parfait, répondit très calmement Billy de l'autre côté.

Cachés dans les buissons, tous les associés entendirent crier Roger, ce qui leur mit les nerfs en pelote, mais ils éprouvèrent une vive admiration pour le sang-froid de leur chef qui continuait à lui parler posément, sans hausser le ton.

– Maintenant que tu es entré, disait Billy, il faut que tu

te déplaces sans faire de bruit. C'est comme ça que font tous les déménageurs. Pas un bruit. Et maintenant, essaie de trouver cette clé.

Une minute s'écoula pendant laquelle Billy attendit sans bouger. Ses camarades firent de même. Une autre minute passa. Puis on entendit un petit grattement à la porte de service, vers laquelle Billy se rua. Il tourna la poignée et la porte s'ouvrit.

La petite bande avança sur la pointe des pieds. Une colonie de fantômes traversant une cour pavée n'aurait pas fait moins de bruit. Quelques instants plus tard, les garçons se retrouvaient dans une vaste cuisine, tandis que la porte se refermait derrière eux.

– Bien joué, dit Billy. Maintenant, Roger, tu vas rester ici et faire le guet. Vous autres, les gars, vous savez ce que vous avez à faire.

Les associés s'égaillèrent dans la maison obscure. Roger resta seul dans la cuisine, se demandant comment on faisait le guet, mais prêt à le faire s'il le fallait.

Mais, étant ce qu'il était, il alla voir s'il n'y avait rien à grignoter dans le secteur.

Comme la famille qui habitait cette maison était partie avec ses domestiques, il n'y avait aucun produit frais à la cuisine. Mais il découvrit toutes sortes d'aliments et de légumes secs dans des boîtes, des pots et des paquets sur les étagères. Tout d'abord, il crut avoir trouvé de longues patiences, très fines, mais elles n'avaient pas du tout le même goût que celles qui étaient en bois : elles étaient beaucoup plus fragiles et se cassaient en mille morceaux en sautant dans toute la cuisine dès qu'on les touchait. S'il avait pu lire ce qui était écrit sur le paquet, il aurait compris qu'il était en train de manger des spaghettis.

Lorsqu'il en fut rassasié, il trouva des figues sèches au fond d'une étagère. Puis il mangea un paquet entier de petits biscuits, une vieille carotte toute ramollie, une demi-livre de riz, et des haricots secs particulièrement délicieux.

Et puis il fit une très, très grosse erreur.

Il y avait dans un coin un sac en papier tire-bouchonné, qui faisait un petit bruit sec quand on l'agitait. Roger le vida au creux de sa main, mit tout son contenu dans sa bouche, mâcha et avala. Naturellement, comme il n'avait jamais vu de piments de sa vie, il ne pouvait se douter que c'en était. Leur effet ne se fit sentir qu'au bout de quelques secondes.

Alors il étouffa littéralement, les yeux lui sortirent de la tête, il se mit à tourner en rond comme un écureuil en cage devenu fou, s'éventa la bouche dans l'espoir d'apaiser le feu qui le brûlait, incapable de savoir ce qu'il avait mangé. Ses lèvres, sa langue, sa gorge, son estomac, tout était en feu. Des pans entiers de son organisme, qu'il n'avait jamais sentis jusqu'à ce jour, étaient véritablement en train de rôtir. Il glapit, il sauta en l'air, il couina, il se racla la gorge, il mugit, il souffla, et brusquement il eut une idée : De l'eau ! De l'eau ! De l'eau !

Il se précipita vers le robinet, mais l'arrivée d'eau était coupée, et seul un vague gargouillis lointain répondit à sa torture. Il faisait à présent toutes sortes de bruits, miaulements, hennissements, hoquets, gloups, hips, et soudain, il se rappela avoir vu un grand tonneau dehors, devant la porte de la cuisine.

Il sortit en quatrième vitesse et grimpa sur le tonneau en prenant appui contre le mur : il était bouché par un gros couvercle en bois. Il réussit à l'arracher, de rage, le

jeta bruyamment sur le gravier et plongea la tête la première dans l'eau fraîche où se reflétait un beau clair de lune.

S'agrippant des deux mains au bord du tonneau, les pieds calés contre les parois glissantes, Roger but tout son saoul. Oh, quel soulagement ! Que c'était bon ! Quelle fraîcheur ! Il but tant et si bien qu'il frisa la noyade interne !

Plein comme une outre, il lâcha prise et se laissa tomber au pied du tonneau. Et il oublia sa bouche en feu pour concentrer son attention un peu plus bas, car il se passait d'étranges choses en lui. Légèrement chancelant, il écouta son estomac. Des bruits en tout genre se faisaient entendre, des gargouillis, des glouglous, des bouillonnements, des clapotis, tandis que la cascade d'eau submergeait les haricots secs, le riz, et se frayait un chemin entre les spaghettis. Plein d'appréhension, Roger se saisit le ventre à deux mains. A mesure que les grains de riz gonflaient, que les haricots secs doublaient de volume et éclataient, que les morceaux de pâtes se ramollissaient et s'agglutinaient, l'estomac de Roger, sur le point d'exploser, tendait sa chemise neuve à en faire sauter tous les boutons.

– Oh..., fit-il en titubant. Ah... Oh... Hic !

Comme c'était la première fois qu'il avait le hoquet, il crut qu'il était véritablement en train d'exploser. Il serra les mâchoires pour essayer de l'arrêter, mais le hoquet suivant se fraya un chemin par le nez. Et son estomac enflait et enflait tant et plus.

Il vacilla d'un côté, de l'autre, hoquetant, reniflant,

étouffant, crachotant, rotant, se sentant atrocement mal en point.

Quand soudain un faisceau de lumière l'éblouit et une main se referma sur son épaule.

– Qui va là ? fit une grosse voix.

AU SECOURS !

A l'étage, derrière les vitres d'une fenêtre qui donnait sur la cour des cuisines, plusieurs paires d'yeux luisirent dans le noir avant de disparaître. Roger, hébété et tout ballonné, avait le plus grand mal à réfléchir à quoi que ce soit. Mais lorsqu'il releva la tête et découvrit l'agent de police dont la silhouette se découpait sur le ciel, il comprit que ce ne pouvait être qu'une seule personne.

– Billy ! Au secours ! hurla-t-il. Le Sterminateur ! A l'aide !

Et il planta ses dents dans la main de l'agent.

L'homme sursauta et le lâcha pour attraper sa matraque accrochée à sa ceinture, mais Roger lui avait échappé. Il avait détalé comme un lapin et s'était mis à hurler de terreur devant la maison.

– Billy ! Billy ! Viens me défendre !

– Ah, ah ! Tu n'es pas seul ! remarqua l'agent de police. Vous êtes faits comme des rats.

Et il donna un grand coup de sifflet. Roger en avait assez entendu. Puisque l'homme parlait de rats, c'était forcément le Sterminateur, et le sifflet était certainement son abominable appareil qu'il mettait en marche. Malgré toute la loyauté qu'il devait à Billy et son estomac gonflé à craquer, le petit garçon s'enfuit dans le noir.

Il ne savait absolument pas où il allait, incapable qu'il était de se rappeler le chemin pour retourner à la cave, et quand bien même il s'en serait souvenu, il n'aurait pas osé y aller. A vrai dire, tout dans ce monde était à ses

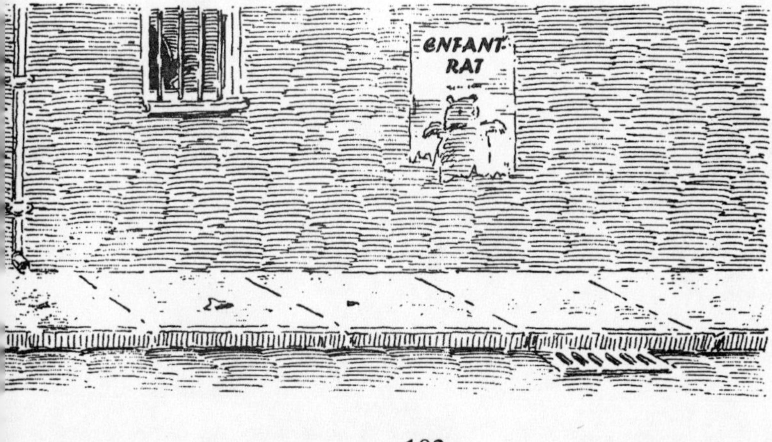

yeux empreint de culpabilité et de désespoir. Il avait essayé de se conduire en bon petit garçon, mais quoi qu'il fît, il était toujours vilain. Il ne méritait pas de dormir au sec dans un endroit confortable ; il ne méritait même pas de murmurer « Bob et Jeanne, pain et lait, chemise de nuit, petit coin, patience ». Les mots en quelque sorte ne voulaient plus sortir de sa bouche. Il remuait simplement les lèvres en essayant de percevoir les sons étranges qui en sortaient, les petits claquements, les sifflements, les souffles, sans parvenir à les transformer en mots.

Alors il erra dans les rues obscures jusqu'à ce qu'il arrivât en vue d'une grille d'égout dans un caniveau, tel un trou à rat, mais à échelle humaine. S'il descendait sous terre, il n'embêterait plus personne et ne ferait plus de bêtises. Il pourrait cesser de penser qu'il était un petit garçon et redevenir un rat. « Rat un jour, rat toujours », lui avait dit Billy, et il devait avoir raison, car il n'arrivait vraiment pas à être un petit garçon.

Alors il souleva la plaque d'égout et disparut dans les ténèbres.

le Père Fouettard

DÉLITS EN HAUSSE

C'est officiel : les crimes et les délits sont en hausse dans notre pays.

Le taux de criminalité a augmenté pour la cinquième année consécutive.

Symptôme caractéristique du laxisme aujourd'hui ô combien à l'œuvre, cette effraction dans la demeure du comte et de la comtesse des Fossés perpétrée par une bande de jeunes garçons, qui fort heureusement ont tous été pris en flagrant délit.

« C'est la faute des instituteurs », a déclaré le ministre de l'Intérieur.

Tiens, tiens !

Pourris jusqu'au trognon

ANARCHIE DANS LES SALLES DE CLASSE

Mais les instituteurs ont de plus en plus de mal à faire régner l'ordre et la discipline parmi les éléments les plus violents de leur classe.

« Il n'y a plus aucun respect pour l'instruction, ils ne veulent plus rien apprendre, a déclaré un représentant des instituteurs. C'est la faute des parents. »

LA FAMILLE EN PÉRIL

La famille traditionnelle est menacée. Les valeurs familiales se sont effondrées. La réorganisation du travail, les impôts et les spectacles violents ont mis à mal toutes les convictions d'antan.

« Plus personne n'est capable de transmettre une morale, a déclaré un parent. C'est la faute de l'Église. »

PLUS AUCUNE MORALE

Mais l'Église elle-même a des doutes.

« Comment pourrait-on faire preuve de sens moral dans un monde de misère, sous la menace perpétuelle de la guerre et de la dévastation écologique? a déclaré l'archevêque. C'est la faute du gouvernement. »

L'AVIS DU PÈRE FOUETTARD:

SOTTISES!

Nos prétendus experts se trompent tous, comme d'habitude.

Avec de tels individus au pouvoir, suant à grosses gouttes et se lamentant sur la santé du monde tout en rejetant la responsabilité sur les autres, faut-il s'étonner que notre pays soit dans un état aussi lamentable ?

En ce qui concerne l'augmentation des délits chez les jeunes, le problème est très simple.

Ce sont les enfants qui commettent ces délits, non ?

Eh bien, il est inutile d'aller chercher plus loin.

C'EST LA FAUTE DES ENFANTS!!!

Comme deux vieux tramways

La fête foraine était partie. M. Lachignole avait démonté l'abominable cage de l'enfant-rat, et Mme Lachignole, à l'aide de crin de cheval et d'un peu de colle, s'était transformée en femme à barbe afin d'assurer les recettes. Elle avait bien l'intention d'arrêter au bout d'une semaine, car le menton lui démangeait déjà horriblement ; de sorte que M. Lachignole s'évertuait à convaincre la fille du propriétaire des autos tamponneuses, celle qui faisait tout le temps la tête, de devenir Serpentina, la Femme-Serpent. Quant à l'enfant-rat, c'était de l'histoire ancienne.

Entre-temps, Jeanne et Bob avaient dû rentrer chez eux, parce qu'ils avaient du travail et dépensé tout leur argent. Quelques jours plus tard, après en avoir gagné un peu, ils retournèrent dans la ville où s'était arrêtée la fête foraine pour poursuivre leurs recherches.

Ils passèrent toute la journée en investigations. Ils interrogèrent tous les commerçants, passèrent au peigne fin les rues et les ruelles, ils allèrent même jusqu'à se présenter au poste de police, ce qu'ils avaient le plus grand mal à faire auparavant.

Mais la police ne leur fut d'aucun secours. Le brigadier de service nota toutes leurs indications et leur promit de faire éditer une affiche ; mais, sans photo, ils ne pouvaient guère s'attendre à quelque résultat.

Bob et Jeanne allèrent manger leurs sandwiches au jardin public.

– J'ai comme l'impression que nous ne reverrons plus jamais notre pauvre petit bout de chou, dit Jeanne.

– Mais non, voyons, nous allons le retrouver. Te fais pas tant de bile, ma grande. Tu veux que je te dise ?

– Quoi donc ?

– Eh bien, j'ai dans l'idée que maintenant nous avons un but dans la vie. On s'est contentés de rouler toutes ces années comme deux vieux tramways. Je ne pensais à rien d'autre qu'à mes semelles, à mes talons et au prix du cuir. Mais le soir où ce petit bonhomme est venu frapper à notre porte, ça m'a fichu un coup, je t'assure. Et maintenant qu'il a disparu, je n'ai plus du tout envie de continuer à rouler tout droit sur mes rails jusqu'à la tombe. J'ai mieux à faire. Tu me suis, ma grande ?

– Tu n'es qu'un vieux fou, répondit Jeanne. Toi et tes tramways ! Qui c'est le tram, ici ? Ça fait combien de temps qu'on est mariés tous les deux ? Je parie que tu ne t'en souviens même plus.

– Trente-deux ans, répondit Bob du tac au tac.

– Bon, d'accord, tu t'en souviens. Et tu as le toupet de me demander si je te suis ! Si je n'avais pas envie de te suivre jusqu'au dépôt, Bob Doucet, il y a longtemps que je serais partie. Quand tu as parlé à ce Lachignole, là, et que tu lui as dit, tu lui as dit… oh mon Dieu…

Elle essuya quelques larmes, et Bob lui tint la main le temps qu'elle sèche ses pleurs.

– C'est quand tu as dit « notre petit garçon », poursuivit-elle quelques instants plus tard. J'irai n'importe où et je ferai n'importe quoi pour le retrouver, je t'assure, Bob. Mais oh, Bob… dis-moi, tu es vraiment sûr qu'il a été un rat ? Un rat ne peut pas devenir un petit garçon, c'est impossible, non ?

– Non. En tout cas, je ne l'ai jamais entendu dire, ni lu dans le journal.

– Toi et ton fichu journal. Alors où est la vérité là-dedans ? Il ne nous a pas menti pourtant ?

– Non, il m'a l'air franc comme l'or. Je ne le crois même pas capable d'inventer un mensonge. Et dès qu'il a fait une bêtise, il le reconnaît tout de suite. Et une bêtise, c'est beaucoup dire ; tout au plus le genre de choses que peut faire un petit animal innocent…

– Comme un rat, dit-elle.

– Exactement. Je n'aime pas particulièrement les rats, mais ils ne sont pas aussi méchants que les êtres humains. Disons simplement que ce sont des rats et qu'ils vivent comme des rats, voilà tout.

– Comme Roger. C'est un rat, voilà tout, répéta-t-elle en se tamponnant le nez. Ah, je me sens mieux. Oh, mais que de soucis…

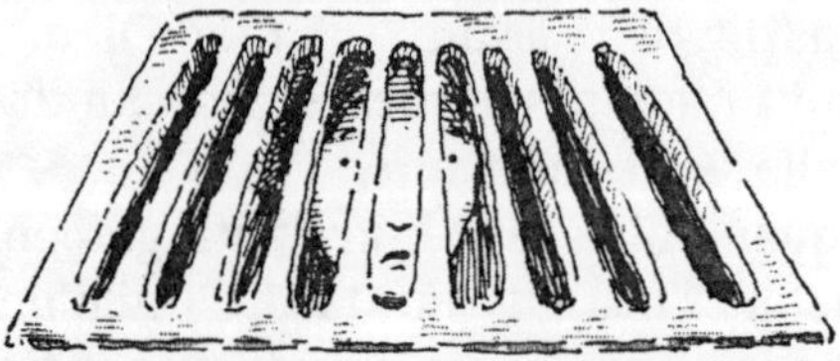

BOSSU, MÉCHANT, LE MAL EN PERSONNE

Si Bob achetait tous les jours son journal, selon ses propres dires, c'était pour les pages sportives, mais il lisait aussi tous les articles sur les gagnants à la loterie, les scandales et les crimes, comme des tas de gens.

Le directeur du *Père Fouettard* encourageait ses journalistes à se tenir à l'affût de tout ce qui pouvait se produire dans la ville, que ce soit les histoires d'amour ou les faits divers insolites, horribles ou même extraordinaires, et, authentiques ou non, le journal en parlait. Les histoires les plus passionnantes étaient celles qui duraient longtemps, avec un nouvel élément apporté chaque jour, un peu comme un feuilleton, et que le premier imbécile venu pouvait comprendre sans effort.

Et ces derniers temps, *Le Père Fouettard* n'avait pas eu grand-chose dans le genre à se mettre sous la dent. Il avait bien essayé d'attirer un peu l'attention de ses lecteurs à l'occasion du mariage princier, mais dès qu'il eut été célébré les ventes du journal baissèrent singulièrement, tandis que s'impatientait son directeur.

Donc, dès qu'un jeune et ambitieux reporter du *Père*

Fouettard eut entendu une rumeur bizarre autant qu'étrange, il tendit l'oreille et commença à poser des questions. D'autres bruits ne tardèrent pas à circuler. Il y aurait, paraît-il, des fantômes dans les égouts : on les avait enten dus murmurer. Une femme en avait même vu un qui la regardait sous la grille d'un caniveau. Et les ouvriers qui travaillaient dans les égouts juraient qu'ils avaient vu quelque chose bouger dans le noir.

Le journaliste s'arrangea pour rencontrer trois de ces ouvriers dans un café et leur offrit tout ce qu'ils voulaient à boire.

– Alors, de quoi s'agit-il ? Vous avez vu quelque chose dans les égouts ? Quel genre de chose ?

– Quelque chose de très bizarre, répondit le premier. Un fantôme, à mon avis.

– Ou un esprit malin, avança le deuxième.

– Un gnome, peut-être, dit le troisième homme.

– A quoi ressemblait-il ?

– Oooh, au diable, affirma le premier homme. Je travaille là-bas depuis toujours, et j'ai jamais eu peur comme aujourd'hui.

– Je vais vous dire, ajouta le deuxième. Ce qu'on a vu là-dessous, j'aimerais pas que mes gosses le voient.

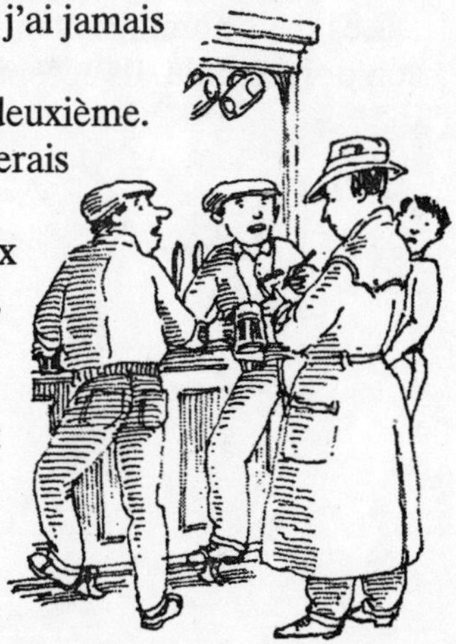

– C'est une espèce d'affreux petit bonhomme, oui, tout petit, qui courait partout, dit le troisième. Mais pas comme un véritable être humain... Il était bossu et avait l'air vraiment méchant.

« Bossu, méchant », nota le reporter dans son carnet.

– Très bien. Quoi encore ?

– Vous savez pas où j'ai déjà vu ça ? intervint le deuxième homme. Vous voyez les statues des pécheurs qui tombent en enfer au-dessus de la porte de la cathédrale ? Eh ben, il y a un diable qui lui ressemble comme deux gouttes d'eau. Il vous fiche la chair de poule : c'est le mal en personne.

« Le mal en personne », nota encore le journaliste.

– Formidable ! conclut-il.

– Et je vais vous dire autre chose, dit le premier homme. Les rats sont de retour.

– Les rats ?

– Oui, des milliers et des milliers de rats. On s'en était débarrassé il y a pas longtemps, mais ils sont revenus pour se venger. On les entend couiner et ils suivent cette espèce de fantôme à la trace.

– Fantastique ! s'exclama le journaliste. Dites-moi, les gars, ça ne serait pas possible que j'aille faire un tour là-dedans pour me rendre compte ?

Les trois hommes étaient indécis. Le journaliste sortit son portefeuille. Ils acceptèrent.

le Père Fouettard

UN MONSTRE DANS LES ÉGOUTS

de notre grand reporter
Kelvin Des Blatères

Un monstre de forme semi-humaine hantait ces derniers temps les égouts de la ville.

Il a été capturé hier, après une lutte sans merci au cours de laquelle trois égoutiers ont été grièvement blessés.

DES CENTAINES !

Les experts estiment que ce monstre n'est que le premier d'une nouvelle espèce.

« Il y en a certainement encore des centaines qui infestent notre sous-sol, a déclaré un savant. La seule solution est de les détruire avant qu'ils ne deviennent plus forts que nous. »

EXTERMINATION

Le monstre se trouve actuellement dans le service des mises en quarantaine afin que les savants puissent l'examiner avant son extermination.

Le maire et le conseil municipal ont été incités hier soir à ne pas perdre de temps.

DES APPELS À LA CLÉMENCE SOULÈVENT L'INDIGNATION

Une vague d'indignation a répondu aux appels à la clémence d'un certain nombre d'hommes politiques.

« Méfions-nous des jugements hâtifs, a déclaré un porte-parole de l'opposition. Le monstre est aussi une victime. »

LA LIBERTÉ DE LA PRESSE

Le pays tout entier lut *Le Père Fouettard* et frémit d'effroi.

A vrai dire, l'histoire du monstre des égouts provoqua un tel émoi qu'elle éclipsa instantanément tous les autres sujets d'actualité. Plus personne ne s'intéressait à la réforme des impôts, ni au couple princier rentré de sa lune de miel, ni même aux résultats sportifs : seule comptait l'histoire du monstre.

Le Père Fouettard publia un numéro spécial pour le week-end, qui se vendit à des milliers d'exemplaires !

Numéro spécial

LE MONSTRE DES ÉGOUTS

La communauté scientifique ne sait que penser de cette créature. Serait-ce un vestige d'une tribu perdue composée de sous-hommes ?

Serait-ce un visiteur venu d'une autre planète ?

Ou bien serait-ce le fruit d'une monstrueuse mutation due à la pollution atmosphérique ?

Ce qui est certain, c'est qu'on n'avait jamais rien découvert de tel.

On ne peut que deviner son passé sanguinaire et maléfique.

Remercions donc le journal pour sa vigilance qui a permis de révéler au public l'horrible menace qui pèse sur lui.

Le monstre maléfique dans son antre souterrain par un de nos célèbres artistes.

VOTEZ AVEC LE PÈRE FOUETTARD

Remplissez ce bulletin et renvoyez-le-nous :

Doit-on exterminer ce monstre maléfique ?

OUI ☐ NON ☐

NE VOUS LAISSEZ PAS ABUSER

Au service des mises en quarantaine, le Grand Savant du gouvernement examina l'être qui se trouvait derrière les barreaux de la cage. Assis sur un tas de paille, il le regardait avec une expression qu'il était naturellement incapable de comprendre.

– Très certainement un anthropoïde, déclara-t-il, tandis que son assistante prenait des notes. On m'a parlé de rats à son sujet, mais, psychologiquement, il n'y a chez lui rien du rongeur, à mon avis.

– Il a tout de même grignoté pas mal de choses, fit remarquer l'assistante.

– Les chimpanzés le font aussi. Des brindilles, des objets. Vraisemblablement une espèce de singe.

– Mais qu'est-ce qu'il faisait dans les égouts ?

– C'est précisément ce que nous avons à découvrir.

Le Grand Savant s'était déplacé à la demande du Premier ministre. Et le Premier ministre s'intéressait de près au monstre parce que sa cote de popularité était au plus bas ces jours-ci, ainsi d'ailleurs que celle des autres ministres du gouvernement. Il était donc tout à fait opportun que les journaux les oublient quelque temps et encore mieux que les gens aient un autre chat à fouetter, et auquel s'en prendre. Le Grand Savant avait donc pour instructions de trouver le monstre le plus répugnant possible et de poursuivre ses investigations aussi longtemps qu'il le désirerait.

Assisté de deux gardiens de zoo émérites, armé de filets et d'instruments pointus au cas où le monstre se montrerait agressif, le Grand Savant ouvrit la cage et pénétra à l'intérieur, tandis que son assistante prenait des notes à ses côtés.

Le monstre n'avait pas l'air très monstrueux, mais le Grand Savant savait qu'il ne fallait pas se fier aux apparences. Ce qui comptait, c'était ce qui se trouvait sous la surface des choses. Cette pauvre petite chose nue comme un ver et tremblante avait beau ressembler à un singe, ou même (pour être plus exact) à un petit garçon, il n'en était que plus horrible et anormal. Le Grand Savant plissa le nez et tâta la créature du bout de son crayon.

Aussitôt le monstre émit un son quasi humain et saisit le crayon de sa patte sale. Affolé, le Grand Savant le lâcha, et le monstre se mit à grignoter le morceau de bois avec un plaisir manifeste.

– Remarquable ! commenta le Grand Savant. Voilà une façon de ronger parfaitement anthropoïde. Sûrement conditionnée. En aucun cas innée. Il n'a absolument pas la dentition adéquate.

– Excusez-moi, monsieur, intervint l'un des gardiens de zoo avec hésitation, mais il me semble l'avoir entendu dire « merci ».

Le Grand Savant eut un petit rire indulgent.

– Non, non, le son que vous avez entendu était une simple vocalisation réflexe. C'est vous qui lui avez conféré un sens. J'aimerais que vous me mainteniez fermement cette créature pour que je puisse lui faire une prise de sang.

– Nous ferions mieux d'utiliser le filet, monsieur, proposa le gardien de zoo.

– Allez-y. Présentez-moi un membre antérieur pour que je trouve une bonne veine.

Les gardiens de zoo lancèrent leur filet sur le monstre qui se débattit violemment, émettant toutes sortes de vocalisations réflexes, auxquelles plus personne ne faisait attention, puisqu'il était bien entendu qu'elles ne voulaient rien dire. La créature était à présent maîtrisée et ligotée sur son tas de paille, l'avant-bras tendu.

– Tenez-le bien, ordonna le Grand Savant en plantant une aiguille dans le petit bras maigrelet pour en extraire un peu de sang.

La créature hurla, rua, pleura, mais les trois hommes trouvèrent qu'il était plus simple de ne pas y prêter attention. Puis le Grand Savant ferma le petit flacon à l'aide d'un bouchon de liège.

– Ça ira pour aujourd'hui, déclara-t-il. En ce qui concerne sa nourriture, je vous ai fait une liste ; vous lui donnerez à manger deux fois par jour selon mes indications. Après quoi nous essayerons différents stimuli pour voir ceux auxquels il réagit. Nous commencerons par le bruit. Puis nous abaisserons la température…

L'assistante notait scrupuleusement tout ce que disait son chef.

– Il a vraiment l'air… comment dire… très humain, balbutia-t-elle dès que le Grand Savant eut terminé.

– Les apparences sont trompeuses. Je pense que cette créature se révélera, en profondeur, tout à fait différente de ce qu'elle paraît en surface.

– Oui, dit l'assistante.

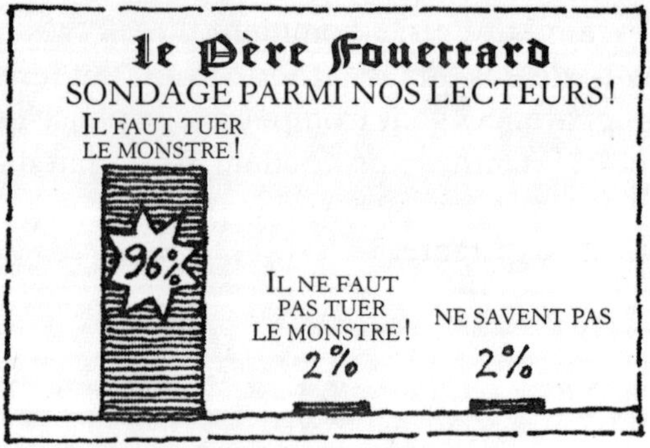

NOS ENFANTS SONT EN DANGER

Les résultats du sondage effectué par *Le Père Fouettard* arrivèrent : 96% des lecteurs étaient pour que l'on tue le monstre, 2% pour qu'on ne le tue pas et 2% ne savaient pas, ce qui était très intelligent de leur part car cette case à cocher ne figurait pas sur le coupon à renvoyer au journal. Et tandis que le battage publicitaire prenait de l'ampleur, d'autres journaux s'emparèrent de l'affaire.

« Tant que ce monstre atroce et cruel est vivant, nos enfants sont en danger », disait un journal.

« Qu'attend le gouvernement pour agir ? » demandait un autre.

« Nous voulons plus de sécurité pour nos enfants ! » réclamait un troisième.

En peu de temps, le monstre devint le sujet de toutes les conversations et de toutes les conjectures. Tout le monde avait son idée, et moins les gens en savaient, plus ils exprimaient leur opinion avec véhémence. Les politiciens d'ailleurs ne tardèrent pas à se mettre de la partie.

« Il est grand temps de se débarrasser de scrupules d'un autre âge ! déclara un député. Il y a des choix qui sont difficiles à faire, des décisions qui sont douloureuses, des lignes de conduite qui exigent détermination et courage, mais nous ne devons pas reculer devant la tâche qui nous incombe, nous ne devons pas faillir, nous devons nous montrer hardis et résolus ! Croyez-moi, nous devons mener à bien cette tâche, nous en avons le devoir et nous le ferons d'une main ferme et sans peur. »

Autrement dit : nous devons faire exactement ce que *Le Père Fouettard* nous dira de faire, en espérant que cela nous portera chance. Dit encore autrement : il faut que quelqu'un tue le monstre. Mais, bien entendu, le député ne pouvait pas exprimer les choses de manière aussi franche, car ç'aurait été un peu trop brutal.

Même au sein du gouvernement, la plupart des réunions ministérielles se passaient en discussions au sujet du monstre.

– Les gens sont inquiets ! décréta le ministre de l'Intérieur. Nous devons intervenir pour apaiser leurs craintes.

– Balivernes ! répondit le Chancelier de l'Échiquier. Je ne crois pas un seul instant à l'existence de ce monstre.

– Eh bien, vous avez tort, répliqua le ministre de l'Agriculture, parce que je l'ai vu de mes propres yeux.

Stupéfaction générale.

– Et comment avez-vous fait ? s'enquit avec envie le ministre des Affaires étrangères.

– Le service des mises en quarantaine est sous ma responsabilité. Et je peux vous dire que quand on le voit en chair et en os, il a étrangement l'air d'un petit garçon.

– Les apparences sont trompeuses ! rétorqua le ministre de l'Éducation.

– Il ne faut pas se fier aux apparences ! ajouta le Grand Chancelier.

– C'est ce qui se cache sous la surface qui est important ! affirma le ministre de l'Intérieur. Et moi, je dis que les gens demandent de la fermeté. Cette créature doit être exterminée !

– Eh bien, normalement nous n'y verrions aucune objection, intervint le ministre de l'Agriculture. Mais considérons le problème justement sous l'angle des apparences. Que se passerait-il si nous exterminions, comme vous dites, ce qui a tout l'air d'être un petit garçon ?

Personne ne put répondre. Le problème était de taille, chacun en avait conscience.

– Peut-être pourrions-nous le déguiser de manière à ce qu'il ressemble un peu plus à un monstre, proposa le ministre de l'Éducation. Présenté ainsi, ça n'aurait pas l'air aussi cruel .

Ils discutèrent pendant des heures. Il était clair qu'il fallait faire quelque chose, sinon les journaux ne tarderaient pas à se retourner contre eux. Mais quelle que soit leur décision, elle ne devait en aucun cas être injuste, parce qu'on ne savait jamais ce que les électeurs étaient prêts à accepter ou non, et des élections devaient se tenir l'année prochaine

Seul le Premier ministre resta silencieux. Et lorsqu'on lui demanda ce qu'il en pensait, sa réponse était toute prête.

– Je pense que nous devrions constituer un tribunal

sous l'autorité de la Haute Cour de justice et faire venir à la barre les experts les plus qualifiés, entre autres, et c'est le tribunal qui tranchera, déclara-t-il d'un ton ferme.

- Excellente idée !

– Solution géniale !

– Quelle imagination extraordinaire !

Tout le monde fut d'accord avec cette proposition. Un juge fut donc nommé, une date fixée, et l'on annonça que le sort du monstre serait décidé par la justice.

Rien que des bêtises

La veille du jour où devaient débuter les délibérations au tribunal, Bob et Jeanne se trouvaient chez eux, épuisés par leur dure journée. Ils venaient de rentrer après avoir passé des heures et des heures à frapper à toutes les portes à l'autre bout de la ville pour demander aux gens si par hasard ils n'auraient pas vu Roger, tout simplement parce qu'ils ne savaient pas ce qu'ils auraient pu faire d'autre ; et, sitôt rentrés, ils avaient encore une tonne de linge à laver et sept paires de chaussures à ressemeler ; il était près de minuit lorsqu'ils purent enfin boire leur chocolat chaud avant d'aller se coucher.

Bob prit distraitement le journal. Cela faisait des jours qu'il ne l'avait pas lu, et bien qu'il eût vu les gros titres au sujet du monstre, il n'avait pas pris la peine de l'acheter : tout ce qui l'intéressait, c'était Roger. Mais aujourd'hui, pour essayer de se changer les idées, il l'avait acheté en rentrant chez lui. Il lisait tranquillement le grand article en première page lorsqu'il sursauta.

– Écoute-moi ça !

Et, après avoir ouvert en grand son journal en faisant bruisser les pages, il commença sa lecture

le Père Fouettard

COLÈRE ENVERS LES EXPERTS

Un mouvement de colère s'est déclenché aujourd'hui à l'annonce que de prétendus savants allaient témoigner demain à la barre en faveur du monstre-rat.

La « défense » a en effet l'intention aberrante de soutenir que cette créature sous-humaine venue des ténèbres est en réalité un être humain et qu'elle ne doit pas être exterminée.

Mme Rose Ortie, 38 ans, et sa famille, a trouvé refuge dans un de ces abris de secours afin d'échapper à ce gigantesque monstre échappé de l'enfer qui rôde dans notre ville.

DES VICTIMES IMPUISSANTES

Des membres de l'assistance ne furent pas longs à condamner cette démarche.

« Comment pouvons-nous dormir sur nos deux oreilles pendant que cette dangereuse bête hideuse est encore en vie ? » demande Mme Rose Ortie, 38 ans.

Mme Ortie est mère de six enfants.

Six adorables enfants impuissants. Des enfants qui pourraient être les victimes de cet infâme démon

UNE CRUAUTÉ INIMAGINABLE

Des parents ont décidé hier soir de former des comités de protestation.

« Ce monstre est d'une cruauté inouïe, a déclaré M. Gaston Caquet, 46 ans. Il faut faire quelque chose pour protéger nos chères têtes blondes de ce monstre démoniaque venu de l'enfer. Le gouvernement le protège à dessein. Il s'agit d'un complot visant à protéger les criminels et à risquer la vie des innocents. Si le gouvernement ne met pas tout en œuvre pour abattre cette bête immonde, nous n'enverrons plus nos enfants à l'école et les garderons à la maison. »

ÉMEUTES DEVANT UN COMMISSARIAT DE POLICE

Cinq cents personnes environ ont attaqué un commissariat à coups de pierres quand le bruit a couru que le monstre se trouvait à l'intérieur.

« J'ai vu une silhouette horrible, avec une bosse dans le dos, qu'on entraînait vers le fond, a déclaré Mme Emma Cervel, 57 ans. Il était entièrement caché sous une couverture, mais je suis certaine que c'était le monstre. Je l'ai senti. »

L'AVIS DU PÈRE FOUETTARD:

Si le gouvernement n'agit pas très vite, le sang coulera et ce sera de sa faute.

TUEZ LE MONSTRE IMMÉDIATEMENT, AVANT QU'IL NE SOIT TROP TARD !

– Pourquoi est-ce que tu lis toutes ces bêtises ? s'étonna Jeanne. Ce torchon, tu n'en voudrais même pas pour t'essuyer les pieds !

– Non, écoute-moi. Nous avons été tellement occupés que nous avons raté ça. Ils auraient découvert une espèce de rat dans les égouts et ils vont le juger pour savoir s'il faut le tuer ou pas.

Jeanne comprit où il voulait en venir.

– Tu ne crois tout de même pas…

– Non, non, c'est impossible, répondit Bob d'un ton peu convaincu. Mais imagine seulement…

– A quoi ressemble-t-il ?

– Voyons voir, dit Bob en tournant la page. « Diabolique… dangereux… mauvais… assoiffé de sang… » Ils ne le décrivent pas…

– Il n'a pas pu changer à ce point notre petit, hein, dis-moi ? Il n'a pas pu redevenir un vrai rat ?

Bob ne répondit pas.

– Nous ne savons pas s'il l'a même jamais été, dit-il enfin. Peut-être l'a-t-il seulement cru.

– Bob, imagine que ce soit Roger ! dit Jeanne. Et qu'ils veuillent nous le tuer !

– Eh bien, il ne nous reste plus qu'à les en empêcher, conclut Bob.

Plus de place

Le tribunal était bondé, et Bob et Jeanne durent jouer des coudes pour traverser les couloirs encombrés et parvenir enfin à la salle d'audience ; mais là, ils ne purent entrer.

– C'est tout à fait impossible, décréta l'huissier en faction devant la porte. Il n'y a plus une seule place depuis sept heures du matin.

– S'il vous plaît, dit Jeanne. Nous devons absolument savoir qui est ce monstre !

– Comme dix mille autres personnes. Pourquoi vous laisserais-je entrer plutôt qu'un autre ?

– C'est bon, dit Bob. Tenez, prenez ce petit billet.

– Allons donc ! s'exclama l'huissier en éclatant de rire. Un petit billet ? Mais vous plaisantez ! Un gros billet, et peut-être que je tournerai la tête pendant que vous entrez par-derrière. Il y en a qui m'ont donné une petite fortune pour être assis au premier rang. Un petit billet ? Vous m'insultez ! Dégagez !

Bob aurait été obligé de rentrer chez lui à pied si l'huissier avait accepté son « petit billet », car c'était tout ce qui lui restait pour prendre son bus. A présent, il se sentait humilié.

– Ce n'est pas la peine d'être grossier, jeune homme, intervint Jeanne. Que font donc tous ces gens dans les couloirs s'ils ne peuvent pas entrer ?

– Ce sont les témoins, répondit l'huissier qui se détourna pour empêcher quelqu'un d'autre de pénétrer dans la salle.

Jeanne tira Bob par la manche et lui parla à l'oreille.

– Tu sais, tous ces savants, là, dans le journal, ils doivent être ici... pour le défendre...

Bob déplia la feuille de journal qu'il avait déchirée.

– On ne donne pas leurs noms.

– Mais on peut peut-être essayer de les savoir, dit-elle pleine d'espoir.

Dans le couloir, les gens discutaient avec véhémence en brandissant des documents, des schémas, des os et des crânes.

La porte s'ouvrit et l'huissier appela à voix haute :

– M. Kelvin Des Blatères ! On demande M. Kelvin Des Blatères !

L'un des témoins se leva et suivit l'huissier.

– Le procès a dû commencer, dit Bob.

Bob et Jeanne s'approchèrent discrètement du groupe qui discutait avec le plus de passion pour écouter ce qui se disait.

– ... et il était entouré de rats ! Il y en avait des milliers !

– ... transmet la peste...

– ... assistante a juré qu'elle l'avait entendu dire « merci » ! Vous vous rendez compte !

Bob et Jeanne se regardèrent.

– ... vocalisations réflexes...

– ... études sur les cordes vocales du perroquet...

– ... adore les crayons...

Bob serra très fort la main de Jeanne.

– ... naturellement, l'issue ne fait aucun doute, ils vont l'abattre...

– Le Père Fouettard...

– ... Je comprends bien qu'il dorme roulé en boule...

Bob ne pouvait rester en place et Jeanne se leva elle aussi pour arpenter le couloir avec lui, incapable de dire un mot.

Puis la porte s'ouvrit de nouveau. L'huissier passa la tête dans l'entrebâillement et appela :

– Monsieur Gilles Radote ! On demande M. Gilles Radote à la barre des témoins !

Personne ne répondit à ce nom.

– Monsieur Gilles Radote, s'il vous plaît !

Et soudain, Bob eut une idée et saisit la main de Jeanne.

– Oh, excusez-moi, oui, c'est moi, M. Radote !

– Qu'est-ce que tu fais ? s'affola Jeanne.

– C'est le seul moyen d'entrer, répondit-il à voix basse.

– Par ici, je vous prie, dit l'huissier.

Bob n'avait pas lâché la main de Jeanne qui n'osait avancer. Elle était persuadée qu'on allait les arrêter pour usurpation d'identité, et alors ils seraient dans de beaux draps, mais Bob, qui n'avait jamais froid aux yeux, s'adressa directement à l'huissier.

– Voici ma femme, Mme Radote. Elle est témoin elle aussi, et moi, je ne peux pas témoigner sans elle. Il faut qu'elle entre avec moi.

– Elle ne figure pas sur ma liste, objecta l'huissier.

– Oui, je sais, c'est parce qu'elle n'était pas libre. Elle était partie chez une de ses nièces. Mais elle est revenue, et il faut qu'elle m'accompagne.

– Bon, bon, ça ne devrait pas poser de problèmes.

Et l'huissier les introduisit tous les deux dans la salle du tribunal.

LE TRIBUNAL

Un frémissement de surprise parcourut la salle d'audience pleine à craquer lorsque Bob et Jeanne se présentèrent à la barre des témoins. Jeanne regarda autour d'elle d'un air inquiet : il y avait le juge, avec sa perruque et sa robe rouge, plusieurs rangées d'avocats, avec leur perruque et leur robe noire, et des centaines de personnes qui se serraient sur les bancs ou debout, tout au fond. Pour s'empêcher de trembler comme une feuille, Jeanne se mit à compter celles qui étaient assises et multiplia ce nombre par cent, puis elle compta les gens debout et multiplia ce nombre par cinquante, après quoi elle additionna ces deux nombres pour estimer ce qu'avait pu toucher l'huissier à l'entrée.

A peine Jeanne et Bob furent-ils arrivés à la barre qu'un avocat se leva en se tenant aux revers de son habit.

– Vous êtes bien M. Gilles Radote, maître de conférences en anatomie comparée ? demanda-t-il.

– Non, ce n'est pas moi, corrigea Bob. Je m'appelle Bob Doucet, cordonnier. Et voici ma femme Jeanne, blanchisseuse.

– Alors en quel honneur êtes-vous ici ?

– J'ai été obligé de mentir, parce que autrement on ne m'aurait pas laissé entrer. Nous avons des informations à vous communiquer sur ce prétendu monstre.

La foule bruissait d'excitation et de curiosité. Les avocats se faisaient passer des petits mots, les journalistes noircissaient frénétiquement du papier tandis que le public faisait des commentaires, les montrait du doigt et se levait pour mieux les voir.

– Silence ! ordonna le juge. J'exige que l'ordre règne dans ce tribunal. Si le silence ne se rétablit pas, je ferai évacuer la salle.

Tout le monde s'arrêta aussitôt de parler.

– Monsieur Doucet, si tel est votre nom, dit le juge, vous nous devez quelques explications ; l'affaire est grave.

– Bien, monsieur le juge, répondit Bob. Voyez-vous, nous pensons que ce monstre n'en est pas un en réalité. C'est un petit garçon qui s'appelle Roger. Alors tout ce que vous avez à faire, c'est aller le chercher pour que tout le monde puisse le voir, et si c'est bien lui nous le ramènerons à la maison et on n'en parlera plus.

– Ce Roger est-il de votre famille ? demanda le juge. Est-ce un enfant, un petit-enfant ?

– Eh bien, non.

– Alors qu'est-il pour vous ?

– Il a frappé à notre porte un soir et nous l'avons recueilli, expliqua Bob.

– Avez-vous essayé de savoir d'où il venait ?

– Oui.

– Que vous a-t-il dit ?

– Il nous a dit qu'il avait été un rat, répondit Bob d'un air malheureux.

Le juge le foudroya du regard.

– C'est la vérité, Votre Honneur, intervint Jeanne.

Il la foudroya elle aussi du regard. Des chuchotements parcoururent les rangs du public et quelques personnes se mirent à rire. Le juge rétablit le calme en frappant un grand coup de marteau.

– Et qu'avez-vous fait de cet enfant ? demanda-t-il.

– Nous l'avons emmené à la police, à l'hôpital, à la mairie, et personne n'en a voulu. Nous l'avons envoyé à l'école, où tout ce qu'il a reçu, ce sont des coups. Après quoi un monsieur qui s'appelle le Philosophe royal est venu nous demander s'il pouvait l'emmener avec lui pour l'examiner ; il a fait peur à l'enfant et l'enfant s'est sauvé. Depuis ce jour, nous le cherchons partout.

« Et chaque fois que nous sommes sur le point de le retrouver, il lui arrive quelque chose et il s'enfuit encore ailleurs. C'est un très gentil petit bonhomme, mais il est très facile à tromper. Et quand nous avons entendu parler de cette histoire idiote de monstre, nous avons pensé qu'il fallait absolument venir, au cas où on le tuerait par erreur.

– Je vois, fit le juge. Le Philosophe royal est-il attendu comme témoin ?

– Demain, monsieur le juge, répondit le greffier du tribunal.

– Allez le chercher tout de suite. Monsieur et Madame Doucet, vous avez eu tort de tromper la cour. Néanmoins, je reconnais que vous aviez d'excellentes raisons pour agir de la sorte, et je vais donner des instructions pour qu'on vous trouve une place assise afin que vous puissiez assister aux délibérations. Mais moi seul suis habilité à vous appeler de nouveau à témoigner à la barre.

– Merci, monsieur le juge, dit Bob.

L'huissier les conduisit vers un banc au premier rang et demanda à tout le monde de se pousser, ce qui souleva un certain nombre de protestations.

Entre-temps, le véritable M. Radote était arrivé et il fut entendu comme témoin suivant. Il déclara qu'il avait bien examiné le monstre et découvert toutes sortes d'éléments lui permettant d'affirmer que ce n'était pas un être humain. Il montra à la cour les diagrammes, les schémas, les graphiques, les tableaux, et prouva grâce aux analyses chimiques et à la spectroscopie statistique que le monstre était une espèce d'être vivant inconnue et dangereuse.

Comme Bob commençait à s'agiter sur son banc, Jeanne lui donna un coup de coude pour qu'il se tienne tranquille.

A leur grande surprise, le témoin suivant n'était autre que M. Lachignole. Stupéfait, Bob se redressa en serrant les poings.

– Vous êtes le propriétaire d'une attraction de fête foraine ? s'enquit l'avocat.

– Oui, monsieur, et j'en suis fier.

– Expliquez, je vous prie, à la cour la façon dont vous vous êtes trouvé en rapport avec le monstre.

- J'ai une très longue expérience des relations de travail avec les monstres, monsieur le juge. J'ai présenté d'innombrables numéros avec des phénomènes, de la célèbre Sirène de Sumatra au Désossé de Mexico.

« Je crois qu'il est inutile de vous expliquer, mesdames et messieurs, que tout l'art de ces numéros de foire consiste à faire croire en une illusion. Prenez, par exemple, ma sirène. Je ne pourrais vous assurer que les sirènes existent dans la mer, en tout cas, la mienne s'appelait Nancy Baquédo et sa queue de satin rehaussée de sequins était l'œuvre de ma chère épouse. Nous avons fait d'excellentes affaires avec elle ; les gens en ont eu pour leur argent, Nancy était bien payée, et tout le monde était content.

« Mais je suis toujours à l'affût de numéros insolites à présenter au public, monsieur le juge. Et quand j'ai entendu parler de ce monstre d'un nouveau genre, mi-enfant, mi-rat, je me suis mis tout de suite en chasse. Et...

– Un instant, monsieur Lachignole, coupa le juge. Où avez-vous entendu parler de ce phénomène ?

– Dans un café qui s'appelait le « Cheval noir », si mes souvenirs sont exacts. Je passais le temps quand quelqu'un a dit qu'il avait entendu parler d'une espèce de créature qui ressemblait beaucoup à un enfant, mais différent tout de même, qui en fait était vraiment un rat, qui vivait ou se cachait chez des voisins à lui. Et il a dit que cette créature était capable de ronger n'importe quoi, qu'elle était féroce, dangereuse, qu'elle pouvait transmettre toutes sortes de maladies, et qu'il n'était pas du tout content de la savoir dans le voisinage.

– Charlie, murmura Bob.

- Chut ! fit Jeanne.

– Bon, à partir de là, reprit M. Lachignole, j'ai mené ma petite enquête, je me suis renseigné à droite et à gauche, et comme j'ai une grande expérience de fin limier, je n'ai pas tardé à retrouver la créature en question.

– Et naturellement vous l'avez confiée aux gens qui s'en occupaient, ces voisins dont on vous avait parlé ? demanda l'avocat.

– Non. A vrai dire, je ne savais pas comment s'appelait cet homme au café, et j'avais oublié où il habitait, alors...

– Vous venez pourtant de dire que vous aviez une grande expérience de fin limier, intervint le juge.

– Vous avez tout à fait raison, monsieur le juge, répondit M. Lachignole d'un ton désinvolte, aucunement décontenancé. Mais il était très tard lorsque j'ai retrouvé la créature, et cette sorte de rat a semblé me manifester une sorte d'attachement. Enfin, bref, il ne voulait plus me quitter, alors je l'ai ramené à la maison par pure charité, et ma chère épouse lui a donné à dîner, et c'est en le regardant manger que l'idée m'est venue de le montrer en public, mais pour l'édification de tout le monde. Nous avons donc engagé de lourdes dépenses pour faire aménager une roulotte avec tout le confort moderne, nous avons veillé à ce qu'il ait la nourriture la plus variée qui soit, et enfin nous l'avons présenté à notre public sérieux et éclairé.

« Et je dois avouer, monsieur le juge, poursuivit M. Lachignole en sortant un gigantesque mouchoir de sa poche dans lequel il se moucha bruyamment, je dois avouer que nous-mêmes nous sommes énormément attachés à cette créature, énormément, oui. Elle se couchait en boule à nos pieds le soir et nous mangeait dans la main, et nous lui avons même appris quelques mots.

« Mais le naturel revient au galop, conclut M. Lachignole en s'essuyant les yeux. Vous pouvez toujours avoir un animal chez vous, mais vous n'en ferez jamais un être humain. Un beau jour, la créature a rongé une planche, à l'arrière de sa roulotte, et s'est enfuie ; nous ne l'avons plus jamais revue.

Bob avait toutes les peines du monde à se contenir. Les muscles tendus à l'extrême, il mourait d'envie d'envoyer un grand coup de poing dans le nez de M. Lachignole, ce sale menteur, mais il savait que s'il le faisait, il serait aussitôt expulsé du tribunal, et Jeanne lui serrait si fort la main qu'il sentait ses ongles s'enfoncer dans sa paume.

– Avez-vous tiré quelques conclusions sur la véritable nature de cette créature que vous avez eu le privilège d'observer de près ? demanda l'avocat.

– Oui, répondit M. Lachignole. Malgré tous ses efforts pour essayer d'y ressembler, ce n'était pas un être humain. Il était plutôt d'une nature squameuse, si je puis dire. Il était couvert de croûtes et de pustules. Je n'ose penser aux risques qu'il a fait courir à ma santé, mais mon dévouement à la science est si grand que je n'en ai pas tenu compte. Quant à sa manie de tout ronger, voilà qui en dit long… On aurait dit un rat géant. Ça, plus les pustules…

– Et d'après votre expérience, monsieur Lachignole affirmeriez-vous qu'une créature de cette espèce pourrait être apprivoisée avec succès ?

– Non, monsieur, c'est impossible. Quand elle est jeune, comme un petit chat ou un petit chien peut-être, elle peut manifester des signes de comportement quasi humain et même de l'affection. Mais en grandissant, elle apprend à connaître sa force et ne tarde pas à devenir sauvage. Elle veut dominer, vous comprenez, on ne pourra jamais l'apprivoiser. Ce n'est pas comme nos chiens ou nos chats, qui sont véritablement des animaux domestiques. C'est une créature sauvage et féroce. Laissez-la grandir et rien ne pourra l'empêcher de vous arracher la tête et de la dévorer sous vos propres yeux ! En se délectant, ajouta M. Lachignole avec délectation.

– Et vous ne savez pas du tout ce qu'est devenu ce monstre après qu'il s'est enfui de chez vous ?

– Pas du tout, monsieur le juge.

– Quel genre de numéro présentez-vous en ce moment, monsieur Lachignole ?

– Quelque chose de très joli et de très original, si je peux me permettre, monsieur le juge : Serpentina, la Femme-Serpent. Mi-serpent, mi-femme, cette créature étrange à la souplesse phénoménale va vous montrer son impressionnante...

– Est-elle authentique ou du même genre que votre sirène ?

– Ah, je vois qu'on ne peut pas vous la faire, vous ! Non, non, répondit jovialement M. Lachignole, ce n'est qu'une simple attraction de foire. Demi-tarif pour la journée, mesdames et messieurs ! Demi-tarif pour voir la femme-serpent pendant toute la durée du procès...

– Merci, monsieur Lachignole, vous pouvez retourner vous asseoir.

Comme M. Lachignole quittait la barre des témoins, il en profita pour distribuer quelques prospectus au passage, jusqu'à ce qu'il croise le regard de Bob et de Jeanne qui ne l'avaient pas quitté des yeux. Il détourna aussitôt la tête et s'empressa de quitter la salle.

L'huissier tendit un mot au juge qui le lut sur-le-champ.

– Parfait, dit-il. Faites-le entrer immédiatement.

L'huissier ressortit et Bob en profita pour glisser quelques mots à l'oreille de son épouse.

– Plus ils discutent, plus ça se présente mal ! Ils devraient simplement amener le petit bonhomme, comme ça tout le monde verrait que ce n'est pas un monstre !

– Ça m'étonnerait qu'ils le fassent, répondit Jeanne à voix basse. Plus le temps passe, plus ils risquent de se ridiculiser en le faisant. C'est trop tard maintenant.

L'huissier rentra dans la salle et annonça le témoin suivant.

– Professeur Septimus Fesseur, Philosophe royal !

– Ah, ça y est, voilà qu'ils sortent tous de leur trou ! murmura Bob tandis que le Philosophe royal se présentait à la barre des témoins.

– Quelles sont vos fonctions, professeur Fesseur ? demanda l'avocat.

– Sa Majesté le Roi est un philosophe amateur extrêmement doué. J'ai l'honneur d'être son conseiller personnel en philosophie.

– Pouvez-vous exposer à la cour la nature de vos relations avec le monstre ?

– Bien volontiers. Il m'a été rapporté qu'il existait un enfant qui prétendait avoir été un rat. Curieux de le rencontrer, j'ai retrouvé l'enfant et procédé à quelques expériences.

Le Philosophe royal s'interrompit pour sortir des papiers d'un porte-documents et mettre ses lunettes.

– Et j'ai découvert, poursuivit-il, une extraordinaire propension à la dissociation et au déni de la réalité, de nature indubitablement paranoïde. Les facultés cognitives de la créature présentent un retard anormal...

Bob rongeait son frein ; et à mesure que le Philosophe royal poursuivait son discours sirupeux, expliquait, démontrait, définissait, Roger perdait un peu plus de réalité, au point de devenir un simple mot parmi tant d'autres.

– Professeur Fesseur, interrompit enfin le juge, voyons voir si je vous comprends bien. Vous affirmez que cette créature est essentiellement un rat, et non essentiellement un être humain ?

– Tout à fait, monsieur le juge. La nature intrinsèque de la créature est telle qu'il n'existe aucune solution de continuité entre elle et nous.

– Pardonnez-moi, mais je vais encore simplifier votre discours. Vous affirmez que nous, en tant qu'êtres humains, n'avons aucune responsabilité morale vis-à-vis de cette créature ? Elle n'a rien d'humain, en conséquence nous pourrions la traiter comme n'importe quel nuisible ?

– Oui, c'est tout à fait ça.

Bob ne put en supporter davantage. Il se leva et brandit son poing à l'adresse du Philosophe royal.

– Et vous, vous n'avez même pas été capable de le traiter convenablement, rugit-il, espèce de vieil imposteur ! Vous avez manqué à votre parole et vous l'avez laissé partir ! Au diable ces discours imbéciles ! Ce n'est ni un monstre, ni une créature, ni un rat, ni un nuisible… c'est un petit garçon !

Le juge frappait avec son marteau comme un forcené, l'huissier se précipitait vers Bob et deux agents arrivaient à la rescousse.

– Amenez-le au tribunal ! hurla Bob pendant qu'ils le saisissaient par les bras. Qu'ils voient de leurs propres yeux ! Écoutez-le parler ! Et vous verrez, c'est un petit garçon ! C'est un être humain ! Il est comme nous ! Allez le chercher et regardez-le !

Mais les agents avaient déjà expulsé Bob de la salle d'audience, sous les cris de Jeanne qui lui disait qu'elle le suivait ; mais personne n'entendait rien dans la confusion qui régnait au tribunal : les gens hurlaient, huaient, riaient, montaient sur les bancs pour mieux voir. Il y avait longtemps que le palais de justice n'avait connu de séance aussi mouvementée.

le Père Fouettard

LE MONSTRE EST CONDAMNÉ

C'est officiel: le monstre des égouts est condamné à mort!

Hier, après quelques épisodes rocambolesques au tribunal, le juge a rendu sa sentence:

LA BÊTE INFÂME EST CONDAMNÉE À MORT.

Le monstre sera exécuté demain.

RÉACTIONS ENTHOUSIASTES

On a assisté à des scènes de liesse folle devant le tribunal après l'annonce du verdict.

Des parents qui avaient retiré leurs enfants de l'école ont manifesté leur joie dans les rues en allumant des feux d'artifice. Il y a eu soixante-dix-huit blessés, dont cinq dans un état grave.

Notre spécialiste en philosophie écrit:

C'est le témoignage du professeur Fesseur, le philosophe de la cour, qui a fait la différence. **LISEZ-LE EN EXCLUSIVITÉ** dans notre édition d'aujourd'hui.

EN EXCLUSIVITÉ POUR NOTRE JOURNAL: LE PHILOSOPHE DE LA COUR PARLE!

Il ne faut jamais croire tout ce que vous voyez!

du professeur Septimus Fesseur

Depuis la plus haute antiquité, les sages, des hommes et des femmes, nous répètent la même chose: les apparences sont trompeuses.

Il ne faut pas s'en tenir à l'apparence des choses, à ce dont elles ont l'air, à leur superficialité.

Non, l'important, c'est ce qu'il y a dessous.

Le monstre des égouts a beau ressembler à un enfant, avoir l'air d'un petit garçon de neuf ans tout à fait normal, combien de fois n'avons-nous pas été trompés par les apparences?

Nos sens sont des organes limités. Nous voyons très mal, comparés aux oiseaux de proie. Nous sommes pratiquement sourds par rapport aux chauves-souris. Et pour ce qui est de l'odorat, Rintintin et Milou nous battent à plate couture dans ce domaine.

QUI EST DONC EN DROIT D'AFFIRMER QUE NOUS DEVONS NOUS FIER À L'APPARENCE DE CETTE CRÉATURE ?

Ce qui est important, c'est sa véritable nature intrinsèque: cachée, secrète, noire, trompeuse. Une fosse d'aisances aux appétits insatiables. Voilà quelle est la vérité.

Et puis il y a ceux qui voudront savoir ce que le monstre a « fait de mal ».

A quoi bon ?

Le mal est indissociable de sa nature. C'est ce qu'il est qui compte, non ce qu'il fait.

Le philosophe dit: Ne vous fiez pas à vos sens. La vérité n'est pas ce que vous voyez, mais ce que vous ne voyez pas !

LES ESCARPINS ROUGES
OU LA VALEUR D’USAGE DU TRAVAIL MANUEL

A vrai dire, l’article du Philosophe royal avait été entièrement récrit par le secrétaire de rédaction pour que les lecteurs puissent le comprendre, mais c’était plus ou moins ce qu’avait dit le professeur Fesseur.

Tout le monde était bien d’accord pour trouver que c’était un article plein de bon sens, et les lecteurs se dirent ce jour-là que naturellement il ne fallait jamais ’en tenir aux apparences, qu’ils ne l’avaient d’ailleurs jamais fait, qu’on ne devait pas juger les gens sur leur mine, et qu’ils étaient toujours différents au fond d’eux-mêmes, pour peu que l’on gratte sous la surface.

Jeanne ne le lut pas, pas plus que Bob. Ils étaient beaucoup trop inquiets pour cela. Après avoir été chassés du tribunal, ils essayèrent de trouver un journaliste pour lui raconter leur version de l’histoire, mais aucun ne daigna les écouter. *Le Père Fouettard* avait décrété que ce qui intéressait ses lecteurs c’était que le monstre soit exécuté, point final.

Tandis que le couple était rentré chez lui, accablé et impuissant, Jeanne aperçut du coin de l’œil le journal. Bob l’avait jeté par terre de colère après avoir lu l’article du philosophe, et il était retombé ouvert à l’une des pages intérieures où figurait une photo de la nouvelle princesse.

Et soudain, Jeanne eut une idée lumineuse

– Mary-Lou ! s'exclama-t-elle.

– Qui c'est, Mary-Lou ? demanda Bob.

– Tu ne te souviens pas ? répondit-elle en l'attrapant par le bras. Le jour où nous parlions du mariage princier et de la nouvelle princesse, Roger a dit qu'elle s'appelait en réalité Mary-Lou !

– Ah, oui, c'est vrai. Mais j'ai cru que c'était une plaisanterie.

– Moi aussi. Mais il avait l'air tellement sûr de lui – et on ne peut pas dire que c'était son genre –, que je ne lui en ai plus jamais parlé... Peu importe, si on lui demandait de nous aider ?

– Comment ça ?

– Je n'en sais rien. Mais elle a l'air vraiment gentille, d'après la photo, bien sûr...

– Il ne faut pas se fier aux apparences, rétorqua Bob avec amertume.

– Oh, tout ça, c'est de la philosophie. Le bon sens se fie toujours aux apparences. Moi, je trouve qu'elle a l'air gentille, et il se peut qu'elle soit gentille ; de toute façon, nous n'avons plus tellement le choix, non ?

Bob se gratta la tête.

– Moui…, admit-il. C'est bien vrai. Tiens, dit-il en se levant brusquement, je sais comment faire pour qu'elle nous reçoive !

– Ah bon ?

– Tu te souviens de ces petits escarpins que j'ai fabriqués, avec les talons dorés ?

Jeanne le regarda en hochant la tête.

– Eh bien, continua Bob, nous pourrions les lui apporter en cadeau, et s'ils ne lui vont pas, elle les gardera pour un des enfants royaux, si jamais elle en a. Allons-y tout de suite !

La princesse Mary-Lou

Ils savaient fort bien comment se rendre sans encombre au palais – et trouvèrent l'endroit beaucoup mieux que la fois précédente : plus personne ne rigolait dans l'office, plus personne ne jouait au football dans la cour, plus personne ne fumait dans les guérites des sentinelles. Le roi et la reine étaient rentrés de l'Hôtel Splendifico, le jeune prince et la jeune princesse étaient rentrés de leur lune de miel, tout marchait comme sur des roulettes et les serviteurs étaient d'une conduite irréprochable.

Le valet de pied qui vint leur ouvrir la porte dès qu'ils eurent frappé à l'entrée de service les écouta attentivement avant de déclarer :

– Je vais transmettre votre présent à Son Altesse royale, et je suis certain que sa dame d'honneur vous fera parvenir un mot de remerciements.

– Pourrions-nous voir la princesse nous-mêmes ? demanda Jeanne. C'est très important, je vous assure.

– Pas sans rendez-vous, madame. Écrivez au Bureau de la princesse Aurélia, au palais. Son secrétaire particulier s'en chargera.

– Mais nous devons absolument la voir ! s'écria Bob, désespéré. C'est une question de vie ou de mort !

– Je suis profondément désolé… commença le valet de pied, interrompu par une voix derrière lui.

– Qui sont ces gens ?

C'était la voix d'une jeune femme. Le valet de pied fit un grand bond en arrière tant il était surpris, et il s'inclina alors qu'il était encore en l'air, de sorte qu'il retomba sur le sol à peu près accroupi.

Bob et Jeanne n'en croyaient pas leurs yeux. C'était la nouvelle princesse en personne, vêtue comme vous et moi, qui était devant eux, aussi vrai que deux et deux font quatre. Le valet ne savait plus s'il fallait se montrer obséquieux ou bien lui faire remarquer qu'elle n'avait pas à se trouver dans cette aile-ci du palais.

– Oh, Votre Altesse royale, dit précipitamment Jeanne, nous sommes venus vous apporter un cadeau…

– Comme c'est gentil ! Entrez, je vous prie, répondit la princesse.

Le valet de pied sembla s'affaisser sous le choc, mais comme il était obligé d'obéir à la princesse, il tint la porte ouverte devant Bob et Jeanne.

Ils étaient très intimidés. Ils suivirent la princesse le long d'un couloir, montèrent un escalier et se retrouvèrent dans un charmant petit salon, qui n'avait rien à voir avec le faste et la pompe du reste du palais.

– Euh… tenez, Votre Altesse royale, dit Bob en lui tendant la boîte à chaussures. Si elles sont trop petites pour vous, j'espère qu'elles iront un jour à un de vos petits. Enfin, excusez-moi, je veux dire à une jeune princesse. C'est moi qui les ai faites, ajouta-t-il.

– Oh, qu'elles sont belles ! s'exclama la princesse en se débarrassant prestement de ses sandales. Et elles me

vont parfaitement ! Je vous remercie infiniment. Vous êtes trop gentils !

Et c'était vrai qu'elles lui allaient parfaitement ; Bob n'en revenait pas : il avait eu une chance folle.

– Je suis content qu'elles vous plaisent, madame, dit-il. Mais il faut que je vous dise, nous avons un très gros problème. Je ne voudrais pas avoir l'air d'insister, mais nous ne savons plus vers qui nous tourner…

– Racontez-moi ça, dit la princesse. Asseyons-nous.

Elle ne ressemblait absolument pas à une princesse telle qu'on pouvait l'imaginer ; elle était comme tout le monde, en beaucoup plus belle ; et tellement gentille et bienveillante. Elle écouta leur histoire d'un bout à l'autre, de l'instant où Bob avait entendu frapper à la porte à celui où il avait eu l'idée de venir lui offrir les escarpins.

La princesse l'écouta donc en ouvrant de grands yeux, et ne dit rien avant qu'il n'ait terminé son récit. Elle était toute pâle.

– Ils vont le tuer ? demanda-t-elle.

– C'est cruel et injuste, dit Bob, mais nous ne pouvons pas les en empêcher. Nous avons fait tout ce qui était en notre pouvoir.

– C'est pour ça qu'on est venus vous voir, intervint Jeanne, vous êtes notre dernière chance, et je suis désolée de vous ennuyer avec ça, mais le fait est qu'à un moment, il a parlé d'une Mary-Lou, et…

La princesse sursauta vivement.

– Mais c'est mon nom ! s'exclama-t-elle. Seulement

personne n'est censé le connaître. On m'a dit que ce n'était pas un prénom convenable pour une princesse, alors j'ai dû en changer. Mais racontez-moi ça encore une fois : quand a-t-il été transformé en petit garçon d'après lui ?

– Il ne le savait pas très bien, dit Bob, mais si mes souvenirs sont exacts, je dirais que c'était à peu près au moment où vos fiançailles avec le prince ont été annoncées, madame.

La princesse plaqua la main contre sa bouche.

– Je sais qui c'est ! murmura-t-elle. Je vous en supplie, ne me demandez rien, mais je vais l'aider. Je vous promets que je vais faire mon possible, mais ne me posez plus de questions à ce sujet ! Je vous en supplie, c'est un terrible secret...

– Nous n'avons pas du tout l'intention de trahir quelque secret, dit Bob. Et si vous réussissez à sauver ce petit bonhomme, je vous fournirai en escarpins pour le restant de vos jours, madame.

– Vous croyez que vous allez réussir, Votre Altesse royale ? demanda Jeanne.

– Je ne sais pas ce que je serai en droit de faire, dit la princesse, mais je vous promets de tout mettre en œuvre pour le sauver.

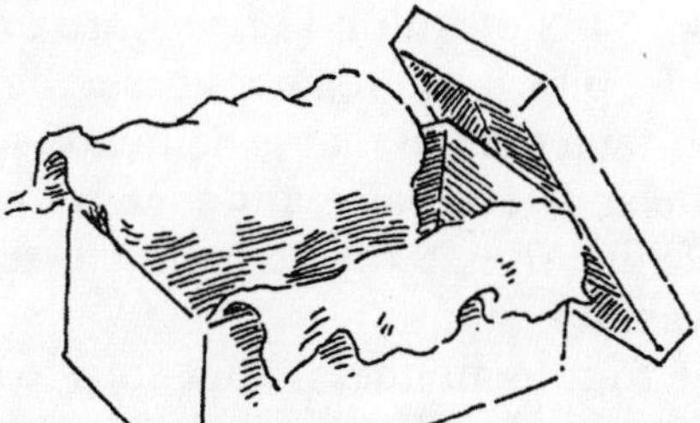

La princesse et la prison

Le lendemain matin, à peine arrivé au travail, le directeur du service des mises en quarantaine reçut un message urgent.

« N'appliquez pas le programme E au sujet n° 5463. Nous répétons : n'appliquez pas le programme E. Visiteur Très Important attendu. Que le sujet soit propre et présentable. »

Le directeur était extrêmement soulagé. « E » voulait dire « Exécution », et il n'avait jamais été partisan de cette solution. Il donna donc des ordres pour qu'on lave le sujet n° 5463 et qu'on le transfère dans une cage confortable, puis il se prépara à accueillir son Visiteur Très Important, sans du tout se douter de son identité.

Lorsque son secrétaire annonça d'une voix tremblante : « Son Altesse royale la princesse Aurélia », il faillit s'évanouir.

Comme tout le monde, il était sous le charme de la ravissante princesse. Il avait lu tous les articles sur ses fiançailles impromptues, il s'était mêlé à la foule qui l'avait acclamée le jour de son mariage, il était carrément tombé amoureux d'elle, comme des milliers de gens d'ailleurs. La voir là, en face de lui, dans son bureau, lui donna presque le vertige.

Elle était d'une telle élégance qu'elle avait l'air encore plus jolie qu'il ne l'aurait cru. Un garde du corps l'escortait pour sa sécurité ainsi qu'une dame d'honneur, et à travers l'assourdissant bourdonnement de ses oreilles, il eut l'impression qu'elle lui disait quelque chose au sujet de l'enfant-rat.

– Excusez-moi, répondit-il, mais... avez-vous dit... le... ?

– Oui. J'aimerais beaucoup le voir si cela est possible

– Il est... euh... très dangereux, madame, balbutia-t-il. On ne le dirait pas à le voir, mais les apparences sont trompeuses. On peut s'y laisser prendre très facilement et croire qu'il est inoffensif, mais...

– Oui, je comprends bien. Mais cette affaire m'intéresse au plus haut point et j'aimerais me rendre compte par moi-même.

– Mais naturellement ! Mais comment donc ! Nous allons appeler trois ou quatre surveillants – ne vous inquiétez pas, ils sont tous armés – et nous allons vous conduire jusqu'à sa cage.

– Pourquoi l'enfermez-vous dans une cage ? demanda la princesse.

– Parce que c'est un être d'une origine inconnue, étrange et dangereux, expliqua patiemment le directeur, tout en se disant qu'elle était si jolie que ce n'était pas trop grave qu'elle ne soit pas très intelligente.

– Je comprends, dit-elle. Eh bien, j'aimerais le voir quand même. Et s'il est en cage, je n'ai aucun besoin d'être protégée.

Elle aussi était entêtée. Elle ne voulait en aucun cas que les surveillants armés l'accompagnent et elle insista pour que sa dame d'honneur et son garde du corps l'attendent dans le bureau du directeur. Elle voulait voir le monstre seule, et voilà tout.

Comme c'était la princesse, ils durent lui obéir, bien que l'idée de savoir cette exquise et délicate beauté face à l'immonde monstre des égouts fît frémir le directeur. C'était trop affreux d'imaginer ce qui pourrait se passer, alors il essaya de ne penser à rien. Il commanda donc du café et décida de faire la conversation à la dame d'honneur au lieu de se ronger les sangs.

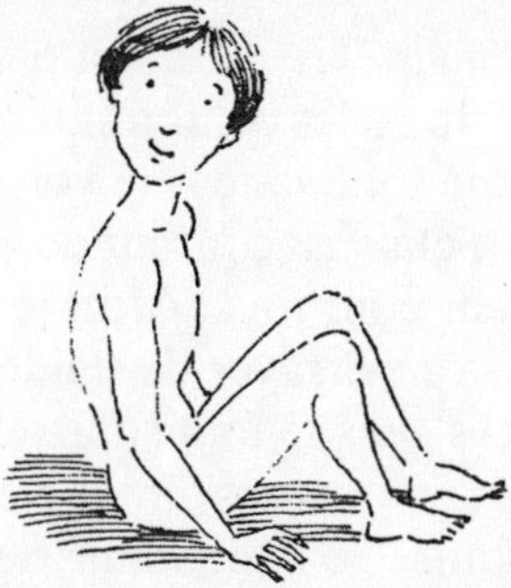

UN COUP DE BAGUETTE MAGIQUE

Dans sa cage, assis à même le sol, Roger était en train de compter ses doigts de pied, lorsque la porte de la pièce s'ouvrit. Quelqu'un entra ; ils se ressemblaient tous, sauf que certains étaient pires.

Mais ses narines perçurent un parfum différent, exquis, qui lui rappelait celui de certaines fleurs.

Il lui rappelait aussi autre chose. Il se concentra intensément quelques secondes avant de relever la tête.

– Mary-Lou ! s'écria-t-il.

Elle était seule. Fou de joie, il se leva d'un bond, sans se soucier une seconde qu'il était nu comme un ver, et courut lui tendre les bras à travers les barreaux.

Elle lui prit les mains.

– Chut, Raton ! Tu ne dois plus m'appeler Mary-Lou. On nous a transformés tous les deux, tu te souviens ? Toi, tu es Roger désormais, d'accord ? Et moi, je suis la princesse Aurélia. Il ne faut pas que tu parles à qui que ce soit de Mary-Lou et moi je ne dirai à personne que tu étais un rat.

– Mais c'est ce que je me tue à leur répéter, et personne ne veut me croire ! D'abord, ils n'ont pas cru que j'étais un rat, et maintenant ils ne veulent pas croire que je suis un petit garçon ! Je ne les comprends pas, je t'assure…

– Bob et Jeanne sont venus me voir hier soir, expliqua la princesse. Je n'étais au courant de rien. Oh, Roger, ils ont tellement peur pour toi… Alors je leur ai dit que j'allais t'aider, et je vais essayer de t'aider, crois-moi. C'est affreux ce que ces gens te font subir, c'est injuste et c'est très méchant, mais tu vas voir, ça ne va pas durer. Le monstre des égouts ! Je n'ai jamais rien entendu d'aussi bête !

– Où est le monstre ? demanda Roger d'un ton inquiet.

– Il n'y a pas de monstre. Maintenant écoute-moi bien, parce que c'est peut-être la dernière fois que nous pouvons parler comme ça tous les deux, en privé, je veux dire. Que te rappelles-tu du temps où tu étais un rat ?

– Eh bien, j'étais un petit rat, et nous habitions à côté de l'étal du fromager, au marché, juste derrière chez toi. Et toi tu travaillais à la cuisine. Et tu me donnais des restes à manger, et tu jouais avec moi, tu m'appelais Raton. Je m'en souviens maintenant, mais j'avais oublié tout ça. Et puis un jour tu m'as mis dans une boîte à chaussures et tu m'as emmené dans la cuisine, et avant

d'avoir compris ce qui m'arrivait, j'étais un petit garçon, debout devant toi, comme ça, sauf que j'étais habillé.

– Sais-tu comment tu as été changé ?

– Non. Quand j'étais un rat, je ne savais rien du tout ; et quand je suis devenu un petit garçon, il n'y avait plus rien à voir. Mais toi, tu avais une robe de bal, et il fallait que je t'accompagne dans ton carrosse, que je t'ouvre la porte, que je te déplie le marchepied et que j'entre avec toi au palais. C'est la très belle dame qui m'a dit de faire tout ça, et c'est ce que j'ai fait.

– Et tu étais censé revenir me chercher avec le carrosse.

– Ah bon ? C'est ce que j'ai dû oublier de faire alors. Mais oui, je me rappelle ! Je me suis perdu dans le palais et j'ai fait des bêtises. Avec les autres petits pages, nous avons joué au football dans les grands couloirs, au premier étage, nous avons glissé le long des rampes et nous sommes allés manger des confitures et des friands dans la cuisine. Nous avons fait des tas de choses. Et puis je devais te raccompagner jusqu'au carrosse, relever le marchepied, refermer la porte derrière toi, et tout et tout, seulement lorsque je m'en suis souvenu et que je suis arrivé dans la cour, tu étais partie et il n'y avait plus ni

carrosse ni rien du tout. Et on n'a pas voulu me laisser rentrer au palais parce que les pages avaient été fouettés et envoyés au lit, et comme je ne faisais pas partie de la maison – je n'avais pas le bon uniforme —, on m'a chassé.

« Et après je ne sais plus très bien ce que j'ai fait. Des tas de bêtises probablement. Et puis j'ai trouvé Bob et Jeanne, mais je me suis reperdu, et me voilà en prison. Je crois qu'ils vont me sterminer, Mary-Lou, mais si Bob et Jeanne le savaient, ils ne les laisseraient pas faire. Peut-être qu'il vaudrait mieux que je redevienne un rat après tout. J'ai essayé d'être un rat dans les égouts, mais ça n'a pas bien marché. Je ne peux pas revenir en arrière, et je ne peux pas aller en avant, je ne sais plus quoi faire, Mary-Lou. Qu'est-ce que je peux faire ? Revenir en arrière ?

– Non, je ne le crois pas, pas plus que je ne le peux moi-même. Tu es destiné à rester un petit garçon, et moi une princesse.

– Tu n'es pas contente d'être une princesse, Mary-Lou ?

– J'en avais tellement envie, tu sais. Je le souhaitais de tout mon cœur ! Mais à présent, je n'en suis plus très sûre. J'ai tellement peur d'avoir fait une erreur, Roger. J'aurais fort bien pu continuer à rester Mary-Lou toute la vie. Tu vois, Roger, ce qui compte, me semble-t-il, ce n'est pas ce que tu es, mais plutôt ce que tu fais. Je pense aussi qu'ils veulent simplement que je sois là, et non que je fasse quelque chose. C'est ça le problème.

– Faudrait encore un coup de baguette magique, comme celui qui nous a frappés la première fois, dit Roger.

– J'aimerais tellement que ce soit possible.

- Essayons de penser très fort à cette dame pour qu'elle revienne !

– D'accord, essayons

Elle lui avait pris les mains à travers les barreaux. La princesse et le « monstre » fermèrent les yeux et pensèrent très fort à la dame, le plus fort possible, à tel point qu'ils en tremblaient de la tête aux pieds ; mais quand ils les rouvrirent, rien n'avait changé, et la seule belle dame présente dans la pièce, c'était la princesse elle-même.

– Peut-être que c'est impossible, conclut la princesse au bout d'un moment. C'est bien la preuve. Peut-être qu'elle n'apparaît qu'une seule fois pour réaliser ton vœu, et ensuite tu en subis les conséquences toute la vie. J'imagine qu'il va falloir en tirer le meilleur parti.

– Moi, je pourrais parfaitement rester un petit garçon, dit Roger, si seulement ils m'en laissaient la possibilité. Je me débrouille assez bien la plupart du temps, sauf depuis qu'ils se sont mis en tête que j'étais autre chose à l'intérieur de moi-même.

– Nous allons voir ce que nous pouvons faire, déclara la princesse.

le Père Fouettard

LA PRINCESSE ET LE « MONSTRE » : UN MIRACLE

On a assisté à des scènes extraordinaires hier devant le palais lorsqu'on a appris l'intervention miraculeuse de la princesse Aurélia dans l'affaire dite du « monstre ».

Ainsi que la majorité de la population s'en doutait, le « monstre » n'en était pas un.

UNE PRINCESSE DE CONTE DE FÉES

Il aura fallu le regard pur et perspicace d'une princesse de conte de fées pour pénétrer au cœur du sujet et découvrir la stupéfiante vérité:

LE MONSTRE N'ÉTAIT QU'UN PETIT GARÇON.

Pas un démon, ni une bête dégouttante de sang tout droit sortie des entrailles de l'enfer.

Rien qu'un petit garçon comme les autres. Malicieux, peut-être, mais malfaisant?

Jamais de la vie!

HEUREUX D'ÊTRE VIVANT

Le garçonnet va être remis entre les mains de ses parents adoptifs qui lui apprendront un bon métier.

L'AVIS DU PÈRE FOUETTARD :

BÉNIE SOIT LA PRINCESSE AURÉLIA!

Il n'est pas un recoin de l'univers si sombre qu'il ne puisse être éclairé d'un coup de baguette magique par la princesse Aurélia.

Quant à ces prétendus « experts » et « philosophes »:

OÙ EST LEUR COMPASSION ?

Grâce à la princesse Aurélia, un petit garçon pourra dormir tranquille ce soir.

Mais combien d'enfants innocents sont encore sous la menace de cette institution cruelle et impitoyable qu'est notre prétendue justice ?

Une princesse ou un ange ?

Lire nos articles sur la princesse Aurélia, pages 2 à 13.

Un conte de fées au paradis, de notre correspondant à la cour, pages 14-16.

Des photos inédites extraites de l'album personnel de la princesse Aurélia, pages 17-19.

Grand reportage : les œuvres de bienfaisance préférées de la princesse Aurélia, pages 20-21.

Une interview du coiffeur de la princesse Aurélia, page 22.

Les recettes de beauté du grand maquilleur de la princesse Aurélia, page 23.

La compassion : secret de la bonne santé, page 24.

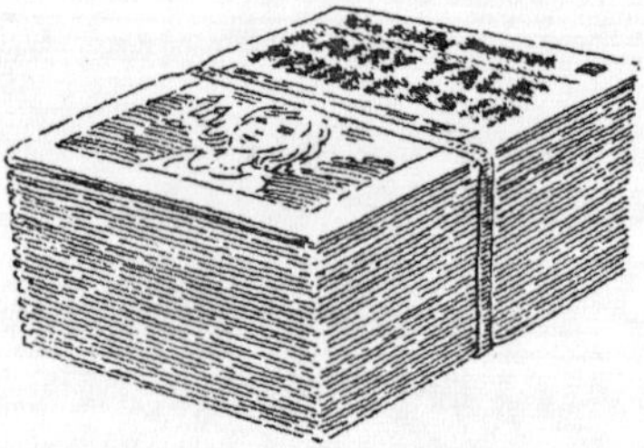

Le pouvoir de la presse

Tous les journaux du pays publièrent de grandes photos de la princesse, si belle et si touchante, et bien que les articles fussent plutôt confus, il en ressortait à peu près la même chose : grâce au pouvoir extraordinaire de l'amour et de la compassion, la princesse avait réalisé ce miracle de transformer l'infâme « monstre des égouts » en un petit garçon tout à fait normal.

Ce qui s'était produit était simple en réalité. *Le Père Fouettard* avait découvert là une histoire beaucoup plus passionnante que celle du « monstre des égouts » pour faire vendre son journal. L'histoire de la princesse Aurélia avait tout pour elle, et surtout elle pouvait durer des années, accompagnée de photos beaucoup plus attrayantes, évidemment.

Croque-monsieur, amour et talent

– Je n'ai jamais vu ça, dit Bob. Crois-moi, j'en ai par-dessus la tête de ces fichus journaux. Je n'en achèterai plus un seul !

– Mais si, mais si, répondit Jeanne. Tu en achèteras pour les sports et les mots croisés, et puis tu liras un peu les nouvelles, et tu y croiras comme tu l'as toujours fait.

– Non, rétorqua simplement Bob qui n'avait pas trop envie de discuter.

Roger était occupé à coudre une petite chaussure dans un coin de la pièce. Il avait pratiquement perdu l'habitude de mâchonner le cuir et Bob pouvait laisser traîner sa cire d'abeille sur l'établi et ne trouver qu'une ou deux traces de dents à son retour.

– Regarde, dit l'enfant. C'est bien ? Je crois que c'est bien. J'ai fait des points très serrés tout du long.

– C'est parfait, dit Bob en examinant la couture derrière ses lunettes. J'ai l'impression que tu vas devenir un bon cordonnier.

– Roger, dit Jeanne, viens un peu ici, mon chéri. J'ai quelque chose à te demander.

Le petit garçon s'approcha de Jeanne et se posta devant elle. Il avait des vêtements neufs, les cheveux peignés et les yeux brillants.

– Oui ? s'enquit-il poliment.

– Que s'est-il passé exactement quand la princesse est venue te voir à la prison ? Toutes ces histoires de miracles et compagnie… Personne ne nous a dit la vérité, et personne ne nous la dira à part toi.

– On a bavardé, répondit Roger. Et elle s'est rappelé qui j'étais parce qu'elle me connaissait quand j'étais un rat. Et puis j'ai été transformé en page le jour où elle est allée au bal du palais, mais j'ai raté le départ du carrosse parce que j'étais en train de faire des bêtises. Si j'étais remonté dans le carrosse, je serais de nouveau un rat aujourd'hui. Ç'aurait été peut-être mieux, sauf que j'aurais probablement regretté toute ma vie de ne plus être un petit garçon.

« Mais elle aussi elle a changé, Mary-Lou. Enfin, je veux dire, la princesse. Et elle n'est pas si heureuse que ça. C'est à cause de son vœu, c'est bien la preuve.

– La preuve de quoi ? demanda Bob.

– Je n'en sais rien. C'est ce qu'elle a dit. Mais elle m'a fait promettre d'être un très gentil petit garçon, et elle m'a promis d'être la plus gentille princesse au monde, et voilà où j'en suis.

– Ah, dit Bob. Et tu veux redevenir un rat, maintenant ?

– Ça serait plus facile, dit Bob. On a moins de problèmes en étant un rat, à part le Sterminateur. Non, ça ne me plairait pas. C'est difficile d'être une personne, mais ce n'est pas si difficile si tout le monde sait que vous êtes une personne. Autrement, je n'y arriverai pas. Je crois que je vais rester cordonnier.

– Voilà une sage décision, dit Bob. On a toujours besoin de bons artisans. Si je n'avais pas fabriqué ces petits escarpins, eh bien, je n'ose imaginer ce qui aurait pu se passer.

La bouilloire se mit à siffler. Jeanne prépara du thé pour tout le monde, tandis que Bob mettait à cuire des tranches de pain et de fromage. Ils s'installèrent tous les trois confortablement au coin du feu. Dehors, le monde était hostile, mais avec des croque-monsieur, beaucoup d'amour et un brin de talent, on pouvait l'affronter sans crainte.

PHILIP PULLMAN

L'AUTEUR

Philip Pullman est né en Angleterre, à Norwich, en 1946. Il a vécu durant son enfance en Australie et au Zimbabwe où il a effectué une partie de sa scolarité. Diplômé de l'université d'Oxford, il enseigne dans cette ville où il vit avec sa femme et ses deux fils.
Il est, dès son plus jeune âge, passionné par les contes. Très vite, il veut devenir écrivain – terme qu'il juge cependant inapproprié. Philip Pullman adopte une position modeste par rapport à la création littéraire : pour lui, il ne fait que raconter des histoires. Derrière cette discrétion se cache un homme de caractère. Philip Pullman a construit une œuvre à son image, à la fois rigoureuse et fantaisiste, dynamique et originale. La plupart des livres de Philip Pullman sont destinés à la jeunesse, mais il écrit aussi pour les adultes et signe, à l'intention des jeunes spectateurs, des adaptations théâtrales d'œuvres littéraires célèbres.
Aux Éditions Gallimard jeunesse, il a déjà publié la célèbre trilogie : *A la croisée des mondes.*

PETER BAILEY

L'ILLUSTRATEUR

Peter Bailey est né en Inde, à Nagpur, la « Cité du Serpent ». Il habite aujourd'hui à Birkenhead, près de Liverpool en Angleterre. Il a suivi des études d'art à l'université de Brighton et a enseigné l'art et l'illustration pendant plusieurs années. Il a déjà illustré plusieurs livres pour enfants et a beaucoup aimé cette histoire qu'il a trouvée à la fois drôle et pleine d'imagination.

Maquette : Françoise Pham

Loi n° 49-956 du 16 juillet 1949
sur les publications destinées à la jeunesse
ISBN : 2-07-052701-8
Numéro d'édition : 133837
Dépôt légal : novembre 2004
1er dépôt légal dans la même collection : mai 1999
Numéro d'impression : 70714
Imprimé en France sur les presses de la Société Nouvelle Firmin-Didot